T. Schumacher

Hanneles Opfer

Tony Schumacher

Hanneles Opfer

KARL MÜLLER VERLAG ERLANGEN

Umschlag: Hansjörg Langenfass
Druck und Bindung: Ebner Ulm

ERSTES KAPITEL

„Komm, Bibibi, komm!" – Hanneles Heim. – Von zinnernen Tellern und hartgesottenen Eiern. – Warum Peter zu spät zum Essen kommt. – „Der hat's nötig, vom Hungern zu sprechen!" – Wer die Großmutter ist.

„Gluck, gluck!" – „Gluck, gluck!" – „Komm, Bibibi!" – Eine Schar von Hühnern, vorne dran eine buntgefleckte Henne mit einem Dutzend kleiner Küchlein, eilte auf ein futterstreuendes etwa zwölfjähriges Mädchen zu. Es hatte auf dem Arm ein kleines, vor Lust krähendes Schwesterlein. Mit der einen Hand hilet die Große ein Schüsselchen voll eingeweichten Brotes, und die andere warf das Futter dem fröhlich gackernden Hühnervolk vor. Als das Schüsselchen leer war, ließ sich das Mädchen mit der Kleinen auf ein Knie nieder, damit diese alles besser übersehen konnte, besonders die flachsgelben winzigen Dingerchen, die so lebhaft und eifrig mit dem krummen Schnäbelchen darauf loshackten.

„Gelt, Mariele, wie nett? Siehst, wie die schon gescheit sind und schon springen können? Gelt, das kann unser Kleines noch nicht, springen und allein essen? Aber gescheit ist's doch auch, und gerade so helle Guckerle wie die Bibi hat es auch! – Wart, du Große, gehst gleich weg und läßt die Kleinen zuerst fressen! – Gelt, Mariele, so eine Böse! Und da vorn das Bibi mit dem braunen Schwänzle, das ist auch so ein Gewalttätiges. Das muß man auch ein bißchen zanken."

Bei dieser Wechselrede zwischen Kind und Tieren zappelte die Kleine mit ihren dicken, bloßen Beinchen, und aus ihrem halbgeöffneten Kirschenmäulchen kamen allerlei Laute: „Grrr!“ und „Mbah!“ und „Dada!“ Und Hannele, die Schwester, die das Schüsselchen auf den Boden gesetzt hatte, umfaßte fest das kleine, dralle Geschöpfchen, wiegte es scherzend auf dem Arme hin und her und sagte zärtlichst:

„Du bist doch das Allernetteste, das Allerliebste, das Allergoldigste auf der ganzen Welt! Da darf kein Katzenmulle und kein Biberle, kein Täuble und kein Hundle daneben hin.“

Die Gluckhenne gackerte und scharrte mit dem Fuß, denn ihre Kinderchen hatten wohl genug und wollten sich dahin und dorthin verlaufen. Auf der Mutter Ruf aber trotteten sie alle wieder zusammen und folgten ihr eilfertig auf die nahe Wiese, wo sie sich im warmen Sonnenschein unter den schützenden Flügeln duckten und bargen. Vom Hause her aber erscholl eine Frauenstimme:

„Hannele, – wo bist du? – Solltest auf das Essen aufpassen! Ich muß noch auf die obere Wiese und beim Heuen nachsehen.“

Eiligst erhob sich das junge Mädchen von ihrer hockenden Stellung, nahm das Kind wieder fest auf den Arm, das leere Schüsselchen in die freie Hand, und mit flüchtigen Schritten ging sie dem Hause zu.

Dieses war nicht groß, hatte nur einen ersten Stock und einen Dachstock darüber. Es war nicht mehr neu, sah aber durch den frischen Anstrich und die grünen Läden immerhin ganz ansehnlich aus. Auf der einen Seite rankten sich

Bohnen und Kapuziner empor, an der andern Ecke stand ein alter, hutzeliger Apfelbaum, der trotz seines knorrigen Astwerks doch noch überdeckt mit Früchten war. Eine einfach gezimmerte Bank stand unter dem Baum, eine Staffel mit zwei großen Seitenstufen hüben und drüben, auf denen sich's so prächtig sitzen und spielen ließ, führte ins Innere des Hauses, wo es unmittelbar vom Flur aus in die große Wohnstube der Eltern ging. Von dieser aus führte eine Tür in die rückwärts gelegene, etwas dunkle Küche, in der in einem großen Topf Suppe brodelte und in einem andern Kartoffeln quollen. Hannnele setzte die Kleine in ihren hohen Stuhl und gab ihr ein Kautschuktierchen, das sofort in den Mund wanderte, und eine kleine Klapper in die Hand.

„Recht brav sein, Mariele, ich komm gleich wieder!“ sagte sie beschwichtigend.

Dem Kind gefiel die ganze Veranstaltung nicht, es wäre lieber auf dem Arm geblieben. Aber nach einigen Versuchen, das Mündchen zum Weinen zu bewegen, lachte es doch lieber, weil Hannele noch von der Tür aus ein paar lustige Grimassen machte, und wandte dann seine ganze Aufmerksamkeit dem hölzernen Klapperchen zu. Hanne als große Tochter wußte aber sofort, was in der Küche zu tun war. Sie ergriff den Rührlöffel und bewegte ihn nachdenklich in der dicken Brotsuppe, fest auf den Grund hinabgreifend, damit die Suppe ja nicht anbrenne. Dann lupfte sie den Deckel von dem Kartoffelhafen, ließ vorsichtig den heißen Dampf entweichen und schüttete für das Verdampfte etwas Wasser nach. Als das geschehen war, eilte sie aber rasch zu dem Schwesterlein zurück, das sofort bei ihrem Anblick wieder strampelte und die Ärmlein erhob: „Ann, – Ann!“

Das war Hanneles ganzer Stolz, daß die Kleine weder Mama noch Papa noch sonst irgend etwas sagte, sondern daß das allererste Lallen ihr, der Schwester, galt. Der Peter, der Bruder der beiden, war schon fünf Jahre alt und fing an, ein rechter Bengel zu werden, als noch das kleine Schwesterlein kam. Und das füllte nun Hanneles Herz und Denken so aus, daß die Mutter oft mahnen mußte, daß doch nicht alles darüber vergessen werde. So auch jetzt. Hanne setzte sich zu der Kleinen hin; sie hob ihr beständig den heruntergeworfenen Wauwau wieder auf, sie holte das Millemill, ein junges Kätzlein, das in der Ofenecke sein Lager hatte, hervor und führte Marieles kleine Hand über der Mietze weiches Fell. Dann nahm sie das Mariele und die Mieze, jedes auf einen Arm, und führte mit ihnen Tänze auf, wobei letztere kläglich miaute, denn sie liebte nicht derartige heftige Bewegungen. Das Mariele aber krakeelte nun um so lauter und patschte mit Händen und Füßen.

„Hannele!“ rief's da von oben herab. Es war die Großmutter, der das Haus eigentlich gehörte, die aber, seit sie verwitmet war und die Kathrine, ihre einzige Tochter, den Schreiner Werner geheiratet, in den Stuben oben hauste, während das junge Paar die Wohnung unten inne hatte.

„Hannele, paßt du auch auf?“ rief's noch einmal, und Hanne, die zur Türe geeilt war, rief der alten Frau, die auf dem obersten Treppenabsatz stand, hastig zu:

„Ja, ich hab' schon umgerührt und nach allem geschaut.“

Aber in diesem Augenblick drang ein recht häßlicher brenzlicher Geruch aus der Küche herein, so daß die Angerufene diesmal die Kleine ganz rasch auf den Boden setzte und an den Herd eilte. Die Suppe war aber bereits ein wenig angebrannt. Wie schnell das doch ging! Zum Glück war ein zweiter Suppentopf vorhanden, in den das junge Mädchen mit Aufbietung aller seiner Kräfte die Suppe umschüttete, während sie das Angebrannte im anderen Topf ließ. Daß man es so machte, wußte sie, aber es war keine kleine Arbeit. Auch ging ein guter Teller voll dabei verloren, und da Hanne gewissenhaft war, so tat's ihr schrecklich leid. Eben kam die Mutter auch wieder von ihrem Gange zurück, – so ganz hatte sie ihrer Großen doch noch nicht getraut. Es mußte ja heute nicht nur für die Familie, sondern auch für die Feldarbeiter gekocht werden. Aber auch die Großmutter, eine starke Sechzigerin, kam, angelockt von dem durchdringenden Duft, von oben herunter und nahm die Kleine, die zu weinen anfing, vom Boden auf, während die Mutter schalt und sagte:

„Natürlich, nicht aufgepaßt! Natürlich hast du wieder mit dem Mariele gespielt, – das kann ich mir schon denken!"

Als sie aber sah, wie umsichtig Hannele den Schaden schon wieder gutgemacht hatte, fügte sie nur noch bei:

„Na, 's hätte noch schlimmer sein können! Jetzt geh nur hinein und deck' den Tisch! Der Vater und die Leute können alle Augenblicke kommen."

Das Mariele verlangte sofort wieder zu ihrer Hanne, als sie sichtbar war. Aber diesmal widerstand diese der Versuchung, und die Großmutter sagte, lachend ob dem strampelnden Kinde:

„Kannst's wohl auch ein wenig bei deiner Ahne aushalten, du Tausendsassa!"

Hannele aber trug die zinnernen Teller herein, legte Löffel und Besteck neben einen jeden, holte den großen Brotlaib aus der Tischlade und das Salzfaß. Dann eilte sie in die Küche, um der Mutter beim Schneiden der Kartoffelrädlein zum Salat behilflich zu sein, und während dieser nachher angemacht wurde, mußte Hanne neben einer Pfanne voll heißen Wassers, in das die Mutter eine Reihe Eier zum Hartkochen gelegt hatte, stehen und bis zweihundert zählen, damit sie richtig gar würden. Das tat sie nett und pünktlich, und als der Vater Schlag zwölf Uhr aus der Werkstätte kam und in die Stube trat mit den Worten: „Ich habe einen Mordshunger!" da trug sie mit der Mutter Suppe, Salat und Eier auf. Und auch die zwei Arbeiter, die beim Heuen halfen, waren gekommen, wischten sich mit dem Rand der Hand den Schweiß von der Stirn, und alles setzte sich zum wohlverdienten Mahl. Die Großmutter saß mit dem Kinde obenan – dem Alter gebührte die Ehre, – das war im Hause noch so Sitte, – und nachdem sie sich zuerst Suppe herausgenommen hatte, ging der Schöpflöffel von Hand zu Hand, und ein jedes füllte sich seinen Teller bis an den Rand. Nun standen alle noch einmal auf, und die Großmutter sagte andächtig: „Komm, Herr Jesu, sei unser Gast und segne, was du uns bescheret hast. Amen!" wobei sie mit ihren hageren, braunen Händen fest die kleinen, rosigen Händlein des Kindes zusammenhielt. Auch es sollte bald lernen, daß man die Hände faltete, wenn es zum Essen ging. Ein Platz war noch leer.

„Wo ist denn der Peter?“ – „Ja, wo ist jetzt wieder der Peter, dieser Schlingel?“ – „Ob der Kerl auch einmal Ordnung halten und zur richtigen Zeit kommen kann?“ Der Vater sagte es in ärgerlichem Tone, wobei Hannele beschwichtigend meinte:

„Er ist wohl wieder bei seinen Hasen und hat nicht gehört, wie die Mutter zum Essen rief.“

„Das ist’s ja eben, daß er nicht aufpaßt, und ist doch schon ein großer Bub, der bald in die Schule kommt!“

Im selben Augenblick stürmte etwas die Staffel herauf und in die Stube herein. Ein stämmiger, kleiner Bursche von etwa sechs Jahren mit dunklem Strubbelhaar und hochrotem Gesicht schrie, was er nur schreien konnte:

„Vater, Mutter, – junge Hasen sind angekommen! Eins ist grau, das andere ganz schwarz, und ein paar gefleckte sind auch da. Kommt nur alle gleich hinaus, daß ihr’s sehen könnt!“

Jetzt erst gewahrte das eifrige Männlein, daß alles schon beim Essen saß, und daß des Vaters Gesicht wie immer, wenn jemand nicht pünktlich war, sehr ärgerlich aussah. Peter wollte schnell noch einmal sagen, daß so schöne Häschen wie diese es noch gar nie gegeben habe, aber ein strenger Blick vom Vater beorderte ihn an seinen Platz neben Hanne.

„Die Hasen laufen nicht davon, und du kommst und bleibst und ißt ordentlich! Ein andermal werd’ ich’s dir schon klar machen, daß du besser auf der Mutter Ruf achtest!“

Peter verzog einen Augenblick den Mund zum Weinen, aber dann war die Freude über die Überraschung draußen doch zu groß, und indem er wacker seine etwas kalt gewordene Suppe hinunterlöffelte, erzählte er flüsternd der Schwester, wie flink das Graue schon sei, und was für helle Äuglein das Schwarze habe. Sie mußte ihm versprechen, sofort nach dem Essen mit ihm in den Stall zu gehen.

Des Vaters Stirn war inzwischen nicht heller geworden. Es war nicht allein der Bub, der ihn geärgert hatte, und Frau Katharine sah ihn sorglich von der Seite an. Ihr Mann, der Philipp, war so selten recht vergnügt und zufrieden, und heute gerade konnte man sich doch so recht freuen über das prächtige Heu, das hereinkam, und das wohl mehr ausgab, als die Bläß draußen im Stall das Jahr durch bedurfte. Wie hart war's vergangenes Jahr, wo das Futter verfault war und man den besten Verdienst für Ersatz hinlegen mußte! Freilich, die Kuh im Stall, der kleine Weinberg und auch das ganze Haus gehörten ja noch der Großmutter. Etwas Eigenes hatten Katharine und ihr Mann ja noch nicht, aber sie durften doch da wohnen, Kartoffeln, Obst und Gemüse wuchsen ihnen umsonst, und auch für die Milch berechnete Großmutter nichts. Aber das alles schlug der Philipp nicht sehr hoch an. Im Gegenteil, es bedrückte ihn, abhängig zu sein. Und wenn er auch kein Schlemmer war, und wenn sein Schreinerhandwerk ihm auch immerhin so viel eintrug, daß das, was man noch weiter fürs Leben benötigte, schuldenlos beschafft werden konnte, so schien's ihm eben doch immer zu wenig, und er haderte, daß es nicht noch mehr war.

„Hab' heute Fensterrahmen für den Neubau abgeliefert,

aber natürlich, eine Mark fürs Stück haben sie mir wieder abgehandelt, die Herren," sagte er in unmutigem Ton und schlug dabei so fest auf die Schale seines harten Eies, daß nicht nur diese sprang, sondern ihm auch etwas von dem gelben Inhalt über die Hand lief. Er liebte es sonst, wenn die Eier nicht ganz hart, sondern wachsweich waren, heute aber war er in der Stimmung, dies zu tadeln, und Hannele lief schnell in die Küche, einen nassen Lappen zu holen, damit der Vater sich reinigen könne.

„Abzwacken tun sie einem, wo sie können!" sagte er von neuem. Und der eine der Arbeiter, ein junger Bursche, nickte dazu eifrig mit dem Kopf und bestätigte:

„Recht habt Ihr! Schinden soll man sich von früh bis spät, und nichts Ordentliches kriegt man dafür."

Der andere Mann, der schon graue Haare hatte, schwieg dazu und schüttelte nur leise den Kopf, indem er große Stücke Schwarzbrot in seinen Most brockte und mit sichtlichem Behagen die kühlenden Stücke dann herausfischte und aß. Die Großmutter aber vermochte nicht still zu bleiben, wenn es allemal aus dieser Tonart ging, und sie sagte:

„Ich meine, du habest gestern abend ausgerechnet, daß dir die Arbeit auch nach solchem Abzug doch noch genügend bezahlt sei?"

Da aber wurde Philipp böse und schrie, ob die Ahne denn glaube, daß man nur gerade fürs Hungersterben schaffe, daß man nicht auch noch etwas fürs ordentliche Leben haben wolle, das ohnedem hungrig und schundig genug sei. Nun konnte die Kathrine wieder nicht schweigen, obgleich sie's für gewöhnlich zustande brachte, und sich beschwichtigte:

„Daß es schundig bei uns zugeht, Philipp, kannst du wirklich nicht sagen. Wir haben doch noch allezeit das gehabt, was wir brauchen."

„Aber kein bißle mehr und drüber!" knurrte Philipp noch einmal auf. Aber dann war er doch etwas besänftigt und schwieg, denn im Grunde war er ja kein ganz Unzufriedener, und der Kathrine Art hatte jedesmal eine beruhigende Wirkung auf ihn. Er erwiderte nichts mehr darauf, als der Mitarbeiter noch die Worte hinwarf: „Hungern muß das Volk, und die Reichen schlemmen!" wobei aber ein Berg von Kartoffelsalat nach dem andern in seinem Mund und Magen verschwand, ebenso wie drei Eier, zwei große Ranken Brot und mindestens zwei Schoppen Most.

„Der hat's nötig, von Hungern zu sprechen!" dachte die Großmutter, aber sie sagte nichts mehr; denn Schweigen zu seiner Zeit war doch das richtige, daß hatte sie in einem langen Leben gelernt. Auch verhielt sie sich jetzt etwas ruhig, weil das Mariele auf ihrem Schoß über seinem Milchschoppen, den es glucksend ausgetrunken hatte, eingeschlafen war. Sachte übergab sie es dem schon lange nach ihrem Liebling sehnsüchtig ausschauenden Hannele, damit diese es ins Bett lege.

Nach einem kurzten: „Gott Lob und Dank für Speis' und Trank, Amen!" war die Tischgesellschaft aufgestanden und ein jeder wieder an seine Arbeit gegangen. Der Peter aber zog das Hannele am Rock, kaum daß sie noch die Kleine ordentlich einbetten konnte, und riß sie mit sich in den Stall, wo wirklich neben den zwei alten Hasen vier kleine, herzige Junge lagen, die schnuppernd ihre Mäulchen bewegten und sich gar nicht zu fürchten schienen. Aber nicht lange durfte Hannele beim Anblick der reizenden Tierlein verweilen, denn die Mutter hatte ihr gesagt, sie müsse ihr beim Aufwaschen helfen, und dann wollten sie beide miteinander auch auf die Wiese gehen zum Zusammenrechen und Aufladen, denn ein Gewitter stand am Himmel, und man mußte sich eilen, das Heu trocken heimzubringen. Hannele durfte deshalb auch nicht, wie sie so gerne gemocht, daß Mariele in ihrem Korbwagen mit hinausnehmen. Man konnte auch noch nicht auf das Kind achten, und die Großmutter wollte es inzwischen in ihre Obhut nehmen.

ZWEITES KAPITEL

Warum die Großmutter angstvoll zum Himmel blickt und Kathrine kreideweiß die Hände ringt. – Von Beulen, Salben und einer Ohrfeige, die Peter kriegt. – Was geschieht nun mit der Bläß? – Großmutter sagt: „So, jetzt seh' ich wieder blauen Himmel!"

Die Großmutter! Von ihr muß nun ganz besonders erzählt werden. Das Bild war gar schön, als die alte Frau kurz nachher auf dem Bänklein vor dem Hause, das Kind neben sich im Wägelchen, an einem rosa Strümpfchen für die Kleine strickend, dasaß. Großmutter war eine Lehrerstochter, und wenn sie auch ihren Jugendkameraden, den Bauer und Weingärtner Jakob Aldinger, geheiratet hatte und eine tüchtige Bäuerin geworden war, so hatte sie doch etwas von einer feineren Art beibehalten, die sich nicht im weniger Schaffen, aber im gründlicheren Beobachten und Denken äußerte. Die Großmutter war auch eine fromme Frau, die wußte, wo sie in allen Lebenslagen Hilfe und Trost finden konnte, und die auch wußte, daß wir Menschen nicht zum Glücklichsein, sondern zum Glücklichmachen auf der Welt sind. Ihr Mann hatte dieselben Ansichten wie sie gehabt. Und die Kathrine, ihre Einzige, war in dieser Luft aufgewachsen. Nach dem Tode des Großvaters vor zwei Jahren waren Kathrine und die Kinder erst recht der von Hemweh gebeugten Großmutter ihr Einziges geworden, und wenn auch der Philipp von einer anderen Art stammte, so war er doch kein Unrechter und schaffte, wenn auch leider nicht mit der richtigen Freudigkeit.

Die Großmutter saß da und strickte weiter. Zum Hinausgehen und Mithelfen war sie zu ihrem Leidwesen nicht mehr kräftig genug. Aber ihre Gedanken weilten bei den auf der Wiese Beschäftigten, und sorglich sah sie zum Himmel empor, der sich mehr und mehr mit schwarzen Wolken umzog.

Das Mariele war aufgewacht und lag lächelnd und vor sich hinschwätzelnd in seinen Kissen. Die warme Federdecke hatte es hinutergestrampelt, und die dicken, bloßen Beinchen ließen sich's in der freien Luft wohl sein.

Ein fernes Donnern drüben an den Bergen hob an, aber noch war über dem Wiesental, dem Dorf und seinen Häuslein Sonnenschein und freier Himmel.

„Wenn ich doch nur helfen könnte!“ dachte die Großmutter. Sie sorgte sich doppelt, denn von dem Überfluß des herrlich stehenden Heues mußte man ja heuer die Schulden vom vorigen Jahr bezahlen. Der Donner kam näher, und einzelne Blitze fuhren in der Ferne nieder. Es war schon manchmal gewesen, daß es da drüben gewitterte und doch nicht bis hierher kam. Aber die Luft war gar so unerträglich schwül, obgleich sich die Sonne jetzt hinter einer grauen Wand verborgen hatte. Die Großmutter stand auf und ging etliche Schritte bis dahin, wo man hinübersehen konnte auf die fast eine Viertelstunde entfernt liegenden Wiesen. Sie hob die Hand vor die Augen und konnte erkennen, daß der Wagen noch leer dastand, also noch nichts aufgeladen war. Es war wohl auch noch nicht möglich, sie waren doch jetzt erst beim Wenden und Zusammenrechen.

„Nur jetzt keinen Regen, ach, nur keinen Regen, lieber Gott!“ sagte sie angstvoll vor sich hin und eilte dann zu dem etwas unruhig werdenen Kinde zurück. Sie nahm es auf den Arm und schob das Wägelein ins Haus, – drinnen war's immerhin noch kühler.

Die Schwalben flogen niedrig, und die Hühner flatterten vor der weit geöffneten Tenne herum. Auch die Bläß im Stall mußte etwas von der Hitze merken, denn sie brüllte, was sie sonst um diese Zeit nicht tat. Da plötzlich – Blitz und Schlag auf einmal! Und dann wieder. Und jetzt fing es an zu regnen, so heftig, daß die Großmutter dachte: „Ach, nun ist alle Mühe umsonst, das schöne Heu wird durch und durch naß, und wer weiß, ob es dann nicht von seiner Güte einen guten Teil eingebüßt hat! Wenn sie jetzt nur auch so gescheit sind und lieber alles liegen und stehen lassen und heimkommen. Es ist nicht gut, bei so einem Gewitter draußen zu sein."

Aber es sollte noch schlimmer kommen. Eine weiße Wolke mitten unter den tiefschwarzen segelte pfeilgeschwind am Rande von diesen hin, und nun fing es an zu hageln. Zuerst fielen nur einzelne Körner, dann einzelne nußgroße Stücke, und dann, – Gott erbarm's! – wurden diese häufiger, und in kurzem prasselte mit entsetzlichem Getöse der Hagel milchweiß und so dicht hernieder, daß in ein paar Minuten der Boden halb handhoch bedeckt war und alles ringsum wie eine Winterlandschaft aussah. Die Großmutter stand mit dem Kind auf dem Arm, das schrie, – es wußte selber nicht warum – am Fenster, und am ganzen Leibe zitternd, sagte sie einmal über das andere:

„Ach Gott, erbarme dich unser, – ach, lieber Gott, schütze wenigstens die Meinigen und laß ihnen nichts geschehen!"

Jetzt dachte sie nicht mehr an den großen Schaden, sondern nur noch an die Menschen, die draußen ohne Schutz und Obdach weilten.

Sehr lange hielt das grausige Unwetter nicht an. Nach wenigen Minuten schon lachte die Sonne vom blauen Himmel aus zerrissenem Gewölk auf die Erde herab, die so urplötzlich gänzlich verändert dalag. Bald auch fingen die Eisstücke zu schmelzen an, es bildeten sich kleine Bächlein, und die Großmutter, der Nässe und Glätte nicht achtend, ging vor bis an die Gartenecke zum Luginsland, und sie sah, wie die Arbeitenden dort sich bewegten. Die einzelnen konnte sie ja nicht erkennen, aber eine Viertelstunde darauf kamen sie eins nach dem andern mit umgebundenen Grastüchern, die Frauen mit über den Kopf geschlagenen Röcken. Aber sie kehrten doch alle wieder, und gottlob, ohne sichtlichen Schaden genommen zu haben. Triefend und naß traten sie hintereinander in die Stube und berichteten, daß sie, als das Schlimmste gekommen sei, sich unter den Wagen gelegt hätten. Ein Glück sei nur gewesen, daß der Löwenwirt die Pferde noch nicht herausgeschickt hatte. So seien sie mit ein paar Beulen an Kopf und Armen davongekommen. Aber es sehe einfach grausig da draußen aus.

„Also, das Heu hätten wir heuer auch wieder gehabt!" sagte Philipp, indem er seine triefende Jacke auszog, sich schwer auf die Bank niederließ und stumm vor sich hin starrte. Kathrine, die kreideweiß dabei stand, rang die Hände:

„Ach, Mutter, ich kann nimmer – daß auch so etwas im allerletzten Augenblick, wo das Scheunentor schon sperrangelweit offen steht, kommen mußte!"

Das Hannele fing bitterlich zu weinen an. Es trug eine blutende Beule über dem Auge, und seine blonden Zöpfe, die der Sturmwind gelöst, hatte das Unwetter so durchnäßt, daß die Haare triefend herabhingen.

Die Großmutter konnte vorerst gar nichts sagen. Sie eilte nur, so rasch ihre zitternden Knie es vermochten, in die Küche und holte in einer Schüssel Wasser und einen Schwamm. Philipp blutete die Hand, und der alte Arbeiter hatte verschiedene Wunden auf dem Kopf. Eins nach dem andern wusch sich ab. Die Kathrine brachte Salbe und Verbandszeug. Erst als das geschehen war und alle in trockenen Kleidern steckten, saß man in der Stube herum und überdachte die ganze Größe des Unglücks.

„Morgen kann man hinausgehen und das Feld walzen", sagte Philipp. „Und die Bläß können wir das nächste Jahr mit erneuten Schuldenzetteln füttern!" fügte er bitter hinzu.

„Oder der Händler holt sie und zahlt Euch ein paar Taler drauf. Der wird derweil reich und Ihr könnt sehen, von was Ihr lebt!" spintisierte der junge Mitarbeiter. Der andere aber mit seinem Verband über dem grauen Haare – er war ein Vetter der Großmutter – meinte:

„Das ist nicht das erstemal, Leut', daß ein Unwetter über die Fluren kommt, und daß man nicht kriegt, was man schon gemeint hat zu haben. Und doch sind immer wieder die Menschen durchgekommen. – Seid Ihr versichert, Schreiner-Philipp?"

Als dieser aber mit dem Kopfe schüttelte, da ward auch des Alten Gesicht bedenklich, und nur die Großmutter behielt den Kopf oben. Mit fest gefalteten Händen saß sie da und sprach in der Stille mit ihrem Herrgott, der ihr aber in diesem Augenblick kein gütiger Vater war. Es wurde noch düsterer um sie, als Katharine, plötzlich laut aufweinend, rief:

„Ja, um des Himmels willen, wir jammern da um die Wiese, um das Heu, und der Weinberg ist doch das Wichtigste! Und wenn der auch dahin ist, wo doch alles so schön gestanden hat, dann weiß man wirklich nicht mehr, was anfangen!"

Als das Hannele die Mutter weinen sah, da mochte es denken: Jetzt darf ich nicht auch noch jammern, und ihm war doch so weh, ganz besonders um seine Blumen im Garten, und es schluckte tapfer die Tränen hinunter. Es hatte ja auch sein liebes Mariele wieder auf dem Arm, und das krähte und jauchzte so hell und lustig drauf los, daß der Vater sagte:

„Die hat's nötig, so zu tun, wo ihr doch ihre Milch auch verhagelt ist!"

Nun rief aber die Großmutter, plötzlich aus ihrer Erstarrung sich lösend, mit lauter Stimme:

„Ja, sagt mir nur, wo ist denn aber auch der Bub? Er ist doch auch mit euch hinausgegangen und hatte sollen helfen?"

Ja, der Bub! Daß der diesmal wieder nicht gefolgt hatte und bei Hühnern und Hasen geblieben war, das war ja nun fast ein Glück, denn was hätte man vollends mit ihm draußen angefangen, wo ein jedes gerade genug mit sich selber zu tun hatte! So kam er glimpflich davon, als er nach einiger Zeit mit sichtlich schlechtem Gewissen sich in die Stube schlängelte. Nur der Vater sagte – in irgend etwas mußte er seinem Ingrimm Luft machen –: „Du kannst dich freuen, wie ich mich jetzt hinter dich machen werde, du fauler, unfolgsamer Schlingel du! Wirst das Folgen jetzt lernen müssen und das Hungern dazu!"

Mit diesen so düster klingenden Zukunftsverheißungen verließ der Vater die Stube, um in die Werkstätte zu gehen, während die andern noch beisammen blieben, immer wieder beredend, wie's war, und wie's werden würde, und wie man so gut wie nichts tun könne. Dabei lief eins ums andere ans Fenster oder vor die Haustüre und kam wieder, von neuem jammernd über all das Zerstörte da draußen, zurück. Als der Peterle mit einer Handvoll glänzender Eisstücke jubelnd hereinkam, wurde ihm auch dies wieder als großes Verbrechen angerechnet. Und das war doch wirklich keine Unart; die runden, kalten, flimmernden Eilein waren doch so hübsch, aber gar niemand wollte sich darüber freuen. Nach und nach kamen die Beieinandersitzenden wieder mehr zur Besinnung, und die Großmutter war die erste, die sagte: „Wenn ihr meint, so könnten wir ja nach dem Weinberg sehen."

„Ob's wohl nicht zu rutschig und glatt ist?" bemerkte Kathrine. Aber niemand antwortete darauf, es war dies augenblicklich ja auch Nebensache. Und in geschlossener Reihe – Philipp, der die Großmutter unterstützte, mit ihr voran – gingen sie über die noch immer mit Eisstücken bedeckte Straße dem Weinberge zu, die Kinder hinterdrein. Peterle lief diesmal gerne mit, denn das war doch etwas Neues, Unterhaltendes. An den Stäffelein unten machten sie halt, – es war auch gar nicht nötig, weiter zu gehen, denn hier schon, an den unterst gelegenen Stöcken, sah man die Zerstörung. Wie abgestreift waren die Rebstöcke, und unten am Boden schwammen grüne Träublein mitsamt dem Laub im trüben Schneewasser.

„Das ist noch ärger als auf den Wiesen", sagte Kathrine und fing wieder an zu weinen. Philipp aber nickte mit dem Kopf, und nur ein kurzes: „Also umsonst das ganze Jahr geschunden!" kam aus seinem Mund. Auch die Großmutter drohte ihre Fassung zu verlassen, aber um so fester preßte sie die Hände zusammen – Worte hatte sie im Augenblick nicht. Hannele und Peter aber waren über das Mäuerlein gestiegen und hoben die herabgeschlagenen Träublein auf. Wie hatten sie sich gestern noch darüber gefreut, daß sie für den Juni schon so nett rund und groß waren!

„Großmutterle, was fangt man denn da an?" – „Großmutter, sie werden doch hoffentlich wieder nachwachsen?" so fragten die Kinder.

Als aber der Vater mit finsterem Gesicht sagte: „Da könnt ihr lang warten. Hin ist hin, und fürs nächste Jahr sind die Stöcke auch schon kaputt", da wurden auch die Kinder ganz still. Peter aber zupfte das Hannele an der Schürze und sagte: „Ich will heim, – komm, wir gehen voraus." Ihm war's greulich, wenn er traurige Gesichter sah.

Und traurige Gesichter gab's, nicht nur im Wernerschen Hause, sondern auch im ganzen Dörflein. Aus jeder Haustür und aus jedem Fenster klagte und weinte es heraus, und in den Gärten standen die Frauen und hoben die niedergeschlagenen Gewächse in die Höhe und jammerten. Und die Kinder fingen an, die kleinen, unreifen Pflaumen Birnen und Äpfelein, die in Haufen herumlagen, aufzuheben. Die konnten nicht einmal zum Schweinefutter verwendet werden.

Dann begann man mit alten, stumpfen Besen die Hagelkörner von den Staffeln und Plätzen vor den Häusern wegzukehren. Ganze Haufen Eis lagen wie im Winter nachher auf der Seite.

Der alte und der junge Arbeiter hatten dabei noch geholfen. Dann aber standen sie in der Stube und wußten nicht mehr recht, was sie anfangen sollten. Philipp, der von neuem brütend in einer Ecke saß, sagte kurz:

„Geht nur heim, – geschafft ist jetzt für lange hinaus!" Er stand auf und holte aus seiner Kommodenschublade sein Geldbüchschen, – gar zu viel war nie darinnen.

„Da, Schluß!" sagte er und gab jedem die vorher ausbedungenen zwei Mark Tagelohn. Davon abzuzwacken, weil es so gekommen, wie es war, widersprach seinem Gefühl, – die Männer konnten ja auch nichts dafür. Der Junge steckte das Geld ein und sagte:

„Heillos ist's. Und wo unsereiner jetzt wieder ein Unterkommen finden wird, da kann man lang suchen. Jetzt heißt's wieder in die Fabrik gehen, wenn die Herren auch dort das Beste vom Verdienst abzwacken." Damit setzte er seine Mütze auf und ging.

Der Vetter aber legte ruhig sein Zweimarkstücklein auf den Tisch und sagte: „Schreiner Philipp, ich tät' mich der Sünde fürchten, heut einen Lohn von Euch anzunehmen, wo Ihr doch so schwer betroffen seid! Warum's so gekommen ist, weiß allein unser Herrgott, und wir wollen's alle miteinander tragen. Wenn's der Bas" – er meinte damit die Großmutter – „recht ist, so komm' ich morgen und helf' ein bißle aufräumen, und dann kann man ja weitersehen. Wir binden dann die Reben wieder auf, und im Garten kann man alleweil später noch Salat setzen, und Gemüse wächst auch noch nach. Den Kartoffeln wird's nicht viel geschadet haben, das wollen wir hoffen. Und im übrigen ist noch nie jemand verhungert, – eine Hilfe kommt alleweil von irgendwoher!"

Auch der Alte ging, und nun war's Abend, und ein jedes verrichtete mechanisch sein alltägliches Geschäft. Aber wie eine Riesenlast lag es auf einem jeden.

Die Mutter war im Stall, der Vater in der Werkstätte, Hannele hatte sich zur Großmutter gemacht und sich ganz nahe zu ihr, die noch wie mit zerschlagenen Gliedern auf der Ofenbank saß, gesetzt. Das Mariele lag in seinem Korbwägele daneben, es spielte ganz brav mit seinem Gummi-Wauwau, war so stillvergnügt und tat so gut, als ob es wüßte, daß es jetzt keine besonderen Ansprüche machen dürfte.

„Großmutter, was ist denn jetzt? Wie wird's auch werden?" fragte Hannele ängstlich. „Ist's denn wahr, was der Vater gesagt hat, daß man die Bläß verkaufen müsse, wenn man kein Futter mehr hat? Das kann doch gar nicht sein, Großmutter? Die Bläß brauchen wir doch so notwendig. Von was sollen wir denn Brei und Suppe machen? Und das Mariele muß doch seine Milch haben!"

Der Großmutter Hände lösten sich auseinander, und mit einem tiefen Seufzer faßte sie mechanisch nach dem neben ihr liegenden Strickzeug und versuchte einige heruntergefallene Maschen wieder aufzunehmen. Aber es ging nicht, denn es flimmerte ihr vor den Augen. Sie ließ das Gestrick wieder sinken und fuhr sich mit der Hand über die Stirn.

„Im Augenblick, Hannele, kann ich dir noch auf gar nichts antworten, – man ist ganz wie vor den Kopf geschlagen! Aber steh einmal auf und hol' mir mein Gesangbuch herunter. Es ist da ein Vers, den meine Mutter schon angestrichen hat, wenn sie in Not und Sorgen war." Und als Hannele mit dem Gewünschten wieder von oben herabkam, da setzte die Großmutter ihre Brille auf, suchte ein bißchen in dem Buche, und dann las sie das alte Kraftlied, das schon so viel Tausenden, die im Leben nicht ein noch aus wußten, Trost gegeben hat:

Befiehl du deine Wege,
Und was dein Herze kränkt,
Der allertreusten Pflege
Des, der den Himmel lenkt.
Der Wolken, Luft und Winden
Gibt Wege, Lauf und Bahn,
Der wird auch Wege finden,
Da dein Fuß gehen kann.

„So, – Schluß!" sagte die Großmutter und nahm die Brille wieder ab. „Und jetzt seh' ich wieder hinaus. Jetzt weiß ich, daß es doch noch einen Weg gibt, vorhin hab' ich ihn nimmer gesehen. Aber er ist da, und unser Herrgott zum Helfen auch!"

In dem Augenblick kam Peter herein und hatte sein ganzes Wachstuchschürzlein voll kleiner, wuselnder Hasen, die er der Großmutter in den Schoß legte. Wollte niemand mit ihm hinausgehen, um sich das anzuschauen, was ihn doch so furchtbar freute, so brachte er's eben herein. Das Büble mochte wohl auch unbewußt fühlen, daß eine kleine Ablenkung am Platze sei.

„Großmutterle, guck, wie nett! Siehst, was das eine für

ein rotes Schnäuzle hat? Und das da hat ein schwarzes und ein weißes Ohr, und das ganz graue, – sieht das nicht aus wie ein Palmkätzle?" Er hob das letztgenannte bis dicht unter das Gesicht der Großmutter, daß diese fühlen sollte, wie weich das Pelzchen sei. Und Hannele, die inzwischen das auf ihren Arm begehrende Mariele aufgenommen hatte, stand dabei, und alle, sogar die Großmutter, mußten herzlich lachen, wie die Hasenmutter sich in die Höhe streckte und das Kleine am Bein zu sich herunterziehen wollte, und es war wirklich nett.

„Na, da geht's ja lustig zu! Wahrhaftig, ihr könnt auch noch lachen, wenn's so bei einem steht, daß man am liebsten auf und davon möchte!" sagte der Vater, der eben wieder von der Werkstatt in die Stube gekommen war. „Hab' wollen schaffen, aber was nutzt's auch? Man tät' am besten gar nichts mehr, wo alles andere hin ist!"

Die Kathrine kam eben mit einem Topf voll frisch gemolkener Milch herein, den sie auf den Tisch setzte. Sie hatte die letzten Worte noch gehört und sagte, wenn auch noch mit Tränen in den Augen: „Ich mein', erst recht schaffen wollen wir jetzt, Philipp! Hab' mir's überlegt: Wenn's da draußen keine Arbeit gibt, so kann ich ja in die Fabrik gehen, das Hannele und die Großmutter passen mir schon auf die Kinder auf. Und, Philipp, wir sind ja gottlob beide gesund und kräftig, da müßt's doch sonderbar zugehen, wenn wir nicht miteinander dies neue Unglück überwinden könnten!"

Die Großmutter nickte freudig, – ja, die Kathrine, die war tapfer! Und nachdem man die Milch getrunken und

Schwarzbrot dazu gegessen hatte, – Durst und Hunger hatten alle trotz der schweren Erlebnisse – da setzte sich die Großmutter mit Katharine und Hannele noch zusammen, – Philipp war in den Roten Ochsen gegangen. Er tat's nicht oft, aber heute gönnte man's ihm, daß er sich dort noch ein wenig vergessen und aussprechen konnte. Kathrine sagte: „Gleich morgen gehe ich zum Spinnmeister in die Fabrik. Was so junge Mädchen zustande bringen, das werd' ich wohl auch lernen können!"

Und Hannele war an diesem Abend trotz allem Traurigen doch eigentlich sehr beglückt über die Aussicht, daß das Mariele künftig, wenn die Mutter abwesend sein würde, ihr noch mehr als bisher gehöre.

DRITTES KAPITEL

Was der Maurerfritz für einen Rat gibt. – Warum Philipp die Kinder hinausschickt und dann sagt: „Jetzt paßt auf!" – Ein Amerikanerbrief, worauf alle schweigen. – „Ohne mein Mariele kann ich nicht leben!" – „Erst glücklich machen, dann glücklich sein!"

Während die Frauen daheim verhältnismäßig getröstet ihr Lager aufsuchten, ging's im Roten Ochsen heute abend noch lebhafter zu als sonst. Männer, die für gewöhnlich keine Wirtshausgänger waren, hatten sich heute eingefunden, – die gemeinsame Not wollte auch gemeinsam besprochen werden. Einen jeden unter ihnen hatte das Unwetter mehr oder weniger betroffen. Die wenigsten waren versichert, und der eine Groll war allen gemeinsam: Umsonst geschafft, – umsonst geschunden! Auch der Schultheiß, der heute dazugekommen war, wußte keinen Rat für die Nichtversicherten als den, daß man bei der Regierung um eine Gnadengabe einkommen müsse.

Das aber widerstrebte dem Schreiner-Philipp gewaltig, und er sagte: „Das tu' ich nicht, – für mich und die Meinen betteln zu lassen, das tu' ich nicht!"

Einige stimmten bei, wieder ein paar meinten: „Warum sollen wir uns nicht von denen geben lassen, die's haben? Da ist keine Schande dabei."

Ein dritter, der Maurerfritz aber, der ledig war und in der nächsten Woche nach Amerika auswandern wollte, der sagte: „Ich bin froh, daß mich's nichts mehr angeht, ob's hier hagelt oder schön Wetter ist, ob's Arbeit gibt oder keine, – ich hab' die Hungerlöhne hier satt und geh' dahin, wo der einzelne Mensch auch noch etwas gilt und anständig bezahlt wird."

„Wenn du dich nur nicht täuschst, daß du glaubst, da drüben fliegen einem nur so ohne weiteres die gebratenen Tauben in den Mund!" sagte der Schultheiß.

Die Jungen aber setzten sich um den Maurerfritz her und hörten begierig auf das, was dieser ihnen von drüben erzählte, während die Alten auch näher zusammenrückten und berieten, wie sie das Unglück wohl durchmachen würden.

Philipp saß in der Mitte und hatte das eine Mal zu den Jungen und dann wieder zu den Alten hinübergelauscht, und der Kopf war ihm ganz wirr geworden über dem Vielerlei. Auswandern, ja, das war etwas, das er auch schon oft und vielfach erwogen hatte. Und jetzt wieder, wo der Maurerfritz gar nicht genug erzählen konnte von dem, was ihm der Agent in der Stadt alles gesagt und versprochen hatte, da stieg's ihm von neuem in den Sinn, ob es denn nicht auch vielleicht das richtige wäre, wenn er mit Frau und Kindern aufpackte und nach Amerika ginge. Halb scherzend hatte man ja diese Frage schon oft daheim behandelt, da von der Großmutter Seite ein Vetter drüben in Argentinien war, der's dort zu etwas gebracht und schon verschiedene Male geschrieben hatte, ob nicht einer der Verwandten auch herüberkommen wollte, er könne gut noch mehr Leute und Hilfe brauchen. Jedesmal hatte man die Sache scherzhaft erörtert und sich ausgemalt, wie das wohl wäre, wenn man fort übers Meer führe und alle Leute, die man kannte, und alle seine Sachen zurücklassen müßte. Heute abend aber kam Philipp dies zum erstenmal nicht mehr gar so ungeheuerlich vor. Und als der Maurerfritz, der im voraus viel Geld bekommen hatte und nun in seiner Glückslaune, daß er fein raus sei, Wein kommen ließ und auch Philipp einschenkte, da war diesem die ganze Sache zu Kopf gestiegen. Als sie ziemlich spät auseinandergingen und der Fritz gesagt hatte: „Bist ein Esel, dich hier so zu plagen, – komm nach!" da war Philipp mit allerlei wirren und tollen Gedanken nach Hause gekommen, und in der Nacht hatte er von keinem Weinberg und keiner Wiese geträumt, wohl aber von lauter riesengroßen Schiffen und Haufen von Geld. Recht unwirsch war er am andern Morgen aufgewacht, als dies alles verschwunden war und die Wiesen-, Weinberg-, Futter- und Fabrikfrage wieder riesengroß über ihn hereinfiel.

Diese Fragen waren auch überwältigend, obgleich sich im hellen Morgenschein das gestrige Unglück immerhin ein wenig günstiger ansehen ließ. Strichweise war der Hagel gefallen, und von Großmutters Weinberg war der obere Teil merkwürdig ganz verschont geblieben. Auch die Wiese weiter drüben überm Bach hatte weniger gelitten, und man konnte immerhin noch einen Wagen voll heimbringen. Aber alles andere war eben kaputt, es mußte gesucht werden, wie es ging, Geld zu verdienen, und schon in aller Frühe machte sich Kathrine auf den Weg zur Fabrik. Bitter ungern tat sie diesen Schritt; sie war gewohnt, den ganzen Tag im Freien zu sein und draußen zu schaffen, und jetzt sollte sie stundenlang in einem engen Raume hinter einer Maschine sitzen. Aber nun es nötig geworden war, mußte sie es auch wie die andern können. Mit besorgtem Blick hatte ihr die Großmutter nachgeschaut, sie wußte, wie schwer ihrem Kinde dieser Schritt fiel. Aber trotz allem war's doch ein rechter Schrecken, als die Kathrine gegen Mittag müde und sichtlich enttäuscht von dem Gange zurückkam.

„Was hast?“ frage die Großmutter besorgt. Und Katharine berichtete nur, daß denselben Entschluß wie sie noch eine Anzahl andere Frauen im Dorf gefaßt hätten, und daß der Fabrikbesitzer gesagt habe, ob sie nicht gescheit seien, was er denn auf einmal mit all den Frauenzimmern anfangen solle. Er habe schließlich die Jüngsten von ihnen zurückbehalten, und die andern alle hätten eben unverrichteter Sache wieder heimgehen müssen.

„Jetzt sieht's letz aus, Mutter, jetzt weiß ich keinen Rat mehr!" sagte Kathrine. „Zum Nähen habe ich kein Geschick, und Feldgeschäfte gibt's nirgends. Mir ist's nur angst, bis der Philipp herüberkommt. Ich habe ihn heut früh so nett beruhigt gehabt, und jetzt wird er wieder ganz auseinander sein, daß es nichts ist."

Aber der Philipp war gar nicht auseinander, als er von einem Geschäftsgang heimkam. Er achtete zuerst gar nicht auf die verwetterten Gesichter der Frauen, sondern lächelte nur immer ganz eigentümlich vor sich hin. Und als man dann beim Essen saß – fremde Leute waren ja heute nicht da – und die Kathrine zaghaft anfing zu berichten, da winkte er nur mit der Hand ab und sagte: „'s ist schon recht, aber zuerst essen, dann reden, – ich hab' rechtschaffen Hunger!" Und er, der gestern abend fast nichts über die Lippen gebracht und heute morgen fast noch nichts geschafft hatte, aß wie ein Drescher, das Hannele konnte ihm nicht genug Kartoffeln schälen.

Dann aber, als die Großmutter das Dankgebet gesprochen hatte, da sagte er auf einmal: „Schickt die Kinder hinaus, die brauchen nicht dabei zu sein!"

Und als Hannele mit dem Mariele auf dem Arm fragenden Blickes hinausging, der Peter dicht hinterdrein, da sagte Philipp mit erhobener Stimme: „Jetzt paßt einmal auf, – jetzt hört, was ich euch zu sagen habe! Jetzt, Großmutter, kannst sagen, daß Unverhofft oft komme, – ich will dir's glauben!"

Unter seinem Wams zog er einen Brief hervor, – das war ein Amerikaner – solche Briefe kannten die Frauen schon an den ausländischen Marken. Und indem er ihn auseinanderfaltete, sagte er: „Jetzt hört zu, was der Vetter Joseph von drüben schreibt! Und daß der Brief gerade heute ankommt, das ist nicht von ungefähr, das sag' ich!" Er rückte seinen Teller auf die Seite, legte den Brief auf den Tisch, und ihn umständlich mit der Hand glättend, fing er nun an zu lesen:

Lieber Vetter Philipp!

Wir haben lang nicht mehr geschrieben! Es ist das so bei uns drüben, daß man schwer zum Schreiben kommt und es nur tut, wenn man etwas Wichtiges zu sagen hat. Und das habe ich heute. Ihr werdet Euch erinnern, daß ich schon öfters geschrieben habe, ob keines von Euch herüber kommen wolle. Aber Ihr habt nicht gewollt. Nun mach ich wieder einen Vorschlag: Meine Estanzia vergrößert sich. Es ist mir schwer am Anfang geworden, bis das Gröbste eingeleitet war. Nun bin ich nicht mehr so kräftig und sollte Unterstützung haben. Meine Frau auch. Warum sollte sie nun, wo sie es kann, nicht auch das Leben ein bißchen genießen? Da brauchen wir eine Stütze, und ich habe mir gedacht, jemand Eigenes ist besser als jemand Fremdes. Im letzten Brief, den die Base Christine mir geschrieben, sagte sie mir, daß die Geschäfte in Deutschland nicht gut gingen, besonders auch die Schreinerei. Zu schreinern gibt's bei uns nun gerade nicht viel, aber die Base Christine schrieb mir, daß Ihr beide kräftige junge Leute seid und gerne schafft und eine Tochter habt, die schaffen kann, und das ist's, was wir hier drüben brauchen. Freilich müßtet Ihr noch viel lernen, aber das gibt sich. Und dann habt ihr eine Zukunft vor Euch, was drüben wohl nicht der Fall sein wird. Das Leben auf dem Camp ist auch schön, und man hat Freiheit, von der Ihr ja keinen Begriff habt. Wenn Ihr nun also Mut und Lust hättet, herüber zu kommen, so erwarte ich Euch noch diesen Herbst, wo bei uns die schöne Jahreszeit beginnt. Das Gehalt, das ich Euch geben könnte, ist das Doppelte von dem, was Ihr daheim verdient, und wenn Ihr sparsam seid, könnt Ihr, wie ich es auch getan habe, Euch nach und nach selber Land kaufen. Eure Kinder können gerade so gut auf dem Camp aufwachsen, und Base Christines Sprüchlein: „Bleib im Lande und nähre Dich redlich!" ist veraltet, es gilt nicht mehr. Nur die eine Bedingung mache ich, daß ihr die dummen Gefühle von Heimweh und dergleichen nicht mit herüberbringt. Die taugen nichts und machen schwach. Also besinnt Euch nicht lange, und dann schreibt mir sofort Euren Entschluß! Ich schicke Euch dann ein Angeld. Bescheid über das Nähere von der Reise, die auf meine Kosten geht, wird Euch von einer Hamburger Gesellschaft zugehen, ebenso wie das Geld. Ich denke, das Schiff, mit dem Ihr reisen werdet, geht Mitte September von Hamburg ab.

Es grüßt Euch

Euer treuer Vetter

Joseph Werner.

Philipp war nun zu Ende mit seinem Vorlesen, nun schaute er sich nimmer ganz so triumphierend wie am Anfang, sondern fast ein bißchen ängstlich um. Es war doch etwas sehr Großes, was er da vorgebracht hatte! Wenn doch nur auch eines etwas sagen würde ... Warum schwiegen sie denn nur alle? – Mit einem unmutigen: „Na, also, was sagt ihr jetzt dazu?“ fuhr er endlich drein.

Da sah Kathrine die Großmutter an und diese war die Einzige, und dann sprach Kathrine mit stockender Stimme: „Das kommt so schnell und unerwartet, Philipp, da kann man sich doch gar nicht gleich zurechtfinden!“

Nun aber sprang Philipp von seinem Stuhle auf und lief erregt im Zimmer auf und ab. „Nichts drüber sagen, nicht sich zurechtfinden? Als ob es da nur noch ein Besinnen gäbe! Großmutter, Weib, denkt nur auch darüber nach, das Doppelte und Dreifache könnten wir drüben verdienen, während einem hier jetzt die Sorgen über dem Kopf zusammenschlagen und man sich zu Tod schaffen kann, ohne daß man je auf einen grünen Zweig kommt! So ganz leicht kommt mir's doch auch nicht an, die alte Heimat zu verlassen, aber der Vetter hat recht, wir sind viel zu weich, und dem Mutigen gehört die Welt! Und, Großmutter, ich versprech's Euch, was an mir liegt, so soll's die Kathrine von jetzt an besser kriegen als hier, und für Euch, Großmutter, ist's ja doch auch leichter, wenn Ihr uns nicht mehr alle auf dem Halse habt.“

Etwas unsicher war Philipps Stimme doch wieder geworden, denn plötzlich war ihm eingefallen, daß ja die Großmutter dann ganz allein zurückbleiben würde. Diese aber

sagte leise, mit fast erloschener Stimme: „Wegen mir ist's nicht, Philipp, um mich sorgt Euch nicht! Gar zu lange werd ich ja auch nimmer leben!"

Da aber brach die Kathrine in ein lautes Jammern aus: „Mutter, Euch allein hier zu lassen, das geht einfach nicht, das würde mir das Herz brechen! Ach, Philipp, ich will mir ja das Blut unter den Nägeln hervorarbeiten, ich will taglöhnern gehen und überall aushelfen, nur ..."

Das war aber, was Philipp am wenigsten ertragen konnte, wenn er jemand weinen sah, und recht heftig sagte er: „Natürlich, ihr mit eurer deutschen Gefühlsduselei, von der der Vetter schreibt, mit der man zu nichts kommt, und die einem alles wieder verdirbt, was man sich so schön ausgedacht hat! So krieg halt Arbeit, wo's keine gibt, und schaff bis aufs Blut, wo niemand dich braucht!" Mit diesen Worten ging er fort und schlug die Türe laut krachend hinter sich zu.

Nun waren die beiden Frauen allein und brauchten sich in ihrem Jammer keinen Zwang mehr anlegen. Es war zu schwer, was doch so jäh über sie hereingekommen war, viel schwerer noch als das ärgste Hagelwetter. Kathrine sagte plötzlich aufs bestimmteste: „Nein, Mutter, ich verlaß dich nicht, das kann ich einfach nicht!"

Die Großmutter faßte sich zuerst wieder und sagte: „Der Philipp hat recht, wir sind wahrscheinlich zu weich. Überlegt muß die Sache werden, in Gottes Namen und wenn dein Mann will, so hast du ihm zu folgen."

Und überlegt wurde sie, recht gründlich und von allen Seiten, in den nächsten Tagen. Philip selber tat's, und auch der Herr Schultheiß und der Herr Pfarrer wurden zu Rat gezogen; die Herren wußten doch noch mehr von der Welt, wo sie doch studiert hatten. Und merkwürdig, sie zeigten sich der Sache nicht abgeneigt. Es mußte zugestanden werden, daß das kein Auswandern ins Blaue hinein war, sondern ein Vorschlag auf fester Grundlage, der sehr viel Verlockendes hatte. Die Summe, die der Vetter schicken wollte, war so groß, daß, abgesehen vom Reisegeld, der Schaden vom Unwetter gedeckt werden konnte. Und dann würde die Großmutter ja auch zum Leben so viel weniger brauchen, wenn sie allein sein würde. Das alle sahen die Frauen auch ein. Und Peter und Hannele, als sie von dem Plan hörten, waren nach Kinderart natürlich begeistert. Peter machte nur die Bedingung, daß seine Hasen auch mit durften, und Hannele malte sich's und ihren Schulkameradinnen aufs glühendste aus, wie das sein werde, auf dem Meer zu fahren, viele, viele Tage lang und in ein Land zu kommen, wo noch lebendige Indianer und wilde Tiere waren.

Die Trennung von der Großmutter erfaßten die Kinder am Anfang noch nicht, diese verhielt sich ja auch ganz still, und keine Klage kam über ihren Mund. Aber als nun der Entschluß, auszuwandern, wirklich gefaßt war, als Philipp dem Vetter mit Ja geantwortet hatte, als der Reiseweg bestimmt wurde und man allmählich an die Vorbereitungen denken mußte, da drohte Christine Aldinger ihr Mut zu verlassen, und sie sah so blaß und hinfällig aus, daß die Leute im Dorfe sagten: „'s ist doch eineweg nicht recht, daß die Kathrine ihre Mutter so allein läßt. Und wie soll das alte Fraule mit ihrem Garten und dem Gütlein zurechtkommen? Wenn sie ihr doch nur wenigstens das Hannele hier ließen, die ist schon kräftig und groß, die könnte für vieles sorgen!" Das Hannele! Ja, das war ein Ausweg, an den die Kathrine auch schon gedacht hatte, den sie aber immer wieder von sich weg wies als etwas, das ein neues Opfer von ihr verlangte. Ihre Große hergeben, die ihr doch schon so viel war, die ihr in dem fremden Lande schon gewaltige Hilfe und Freundin sein konnte? ...

Und doch war's schließlich so weit gekommen, daß auch der Philipp, der sich anfangs gewaltig sträubte, einsehen mußte, daß es das einzig Richtige sei, wenigstens für die nächsten Jahre, bis die Großmutter mehr ans Alleinsein gewöhnt sein würde. Nun Kathrine diesen Ausweg als den richtigen erkannt hatte, beharrte sie auch fest darauf, – entweder so oder gar nicht. Auch der Großmutter gegenüber, die ein so großes Opfer anfangs durchaus nicht annehmen wollte, blieb sie felsenfest. Und so war's nun gekommen, daß der Schreiner-Philipp mit seiner Familie sich zum Abzug von Wiesental gerüstet hatte, daß aber das Hannele zurückblieb.

Mit dieser selbst hatte Kathrine noch einen schweren Kampf zu bestehen. Das junge Kind wollte durchaus nicht einsehen, warum es allein hierbleiben sollte, und heiße und bittere Tränen gab's und sogar ein paarmal recht heftige Auftritte, zum Glück ohne daß die Großmutter etwas davon merkte, dazu hatte Hannele diese doch zu lieb. Aber einmal hatte das Kind doch den schüchternen Versuch gemacht, die Ahne zu fragen: „Großmutterle, – ach Großmutterle, könntest du den nicht auch mit nach Amerika gehen? Wir wollen dir's da drüben ja so arg gut machen! Und gar nimmer schaffen brauchtest du ... und denk nur, die wunderschönen Blumen und Schmetterlinge, die's dort gibt, und, und ..."

Hannele wußte gar nicht mehr, was sie noch alles sagen sollte, um der Großmutter das fremde Land verlockend zu machen. Aber diese schüttelte voll Wehmut den Kopf und sagte: „Kind, du vergißt, daß der Vetter ja gar nichts von mir geschrieben hat, und daß man da drüben ja nur Leute brauchen kann, die jung sind und kräftige Arme haben!" Da war also auch nichts zu machen.

Aber etwas anderes verfolgte Hannele nun mit dem wildesten Eifer. Mit einer Leidenschaft, die ihr Ziel bis zum letzten Augenblick glühend verfolgte, wollte sie es durchsetzen, daß die Eltern ihr das Mariele daließen, – das Mariele, das ja doch noch so winzig klein war, das doch nur ein Hindernis auf der Reise war, und das noch viel, viel weniger für Jahre hinaus etwas schaffen konnte als die Großmutter!

Am Anfang schien's auch wirklich, als ob die Eltern selber daran dächten, es so zu machen. Ein kleines Kind war ja auf der Reise etwas Schwieriges. Auch hatten alle wirklich Angst davor, wie Hannele die Trennung von ihrem Liebling überstehen würde; hatte sie doch mit der größten Bestimmtheit erklärt: „Ich bleibe in Gottes Namen noch eine Zeitlang hier, aber nur, wenn ihr mir das Kind laßt, ohne mein Mariele kann ich einfach nicht mehr leben."

Sie hatte dabei die Kleine so fest an sich gedrückt, daß diese laut aufschrie, mit dem Händchen nach ihr schlug und sagte: „Dudu ... bö bö ... Ann, Ann!“ ...

Aber nach und nach war es doch über die Eltern gekommen, daß es trotz allem richtiger sei, die beiden Kleinen beieinander zu lassen. Der Peter wäre doch gar zu einsam im fremden Lande gewesen, denn die Kinder vom Vetter waren schon beinahe erwachsen. Und dann gehörte so ein ganz junges Kind ja doch immerhin noch mehr zur Mutter als zu einer Schwester. Auch harrte für Hanneles Schultern schon gerade genug Arbeit in der Großmutter Anwesen; ein kleines Kind noch daneben zu versorgen, wäre gewiß zu viel für ein dreizehnjähriges Mädchen, – so meinten auch alle Leute im Dorf.

Und die Nachbarsfrau, eine Taglöhnerin, die sieben Kinder hatte, suchte das untröstliche Hannele mit den Worten zu trösten: „Sei doch froh, daß du nachts kein solches Schreierle mehr am Bett hast! Und wenn's dich nach Kindern verlangt, so kannst du ja die meinigen herumtragen, ich laß dir sie gern!“ Ach, aber die Kinder der Frau waren eben doch kein Mariele, und nur die ganz feste Verheißung, daß, wenn die Großmutter ans Alleinsein gewöhnt sei, Hannele nachkommen dürfe, beschwichtigte diese endlich einigermaßen.

Philipp und Kathrine hatten noch im Garten, auf der Wiese und im Weinberg so viel Ordnung geschafft, als nur irgend möglich. Dann hatte Philipp seine Gerätschaften und seinen Vorrat an Holz an einen jungen Schreiner verkauft, der von der Großmutter die Werkstätte mietete. Dann waren die beiden an einem Tage in die Hauptstadt gefahren, wo sie überseeische Koffer und alles das, was man zum Auswandern brauchte, und was ihnen von den Agenten angegeben worden war, einkauften. Wieder ein paar Tage danach liefen die zwei im ganzen Dorfe herum, um Abschied zu nehmen. Und überall bekamen sie die Versicherung: „Wir sagen euch noch nicht für ganz Lebwohl, wir kommen noch an die Bahn."

Und nun war heute der letzte Abend, wo man in der altgewohnten Wohnstube nach dem Nachtessen noch beisammen saß – zum letztenmal! Ach, wie war es allen, selbst Philipp, so schwer zumute, aber ein jedes nahm sich zusammen, damit es die andern nicht merkten. Man sprach von ganz gewöhnlichen Dingen. Kathrine erinnerte Hannele daran, sie solle nur auch immer fein ihre Strümpfe stopfen, die kleinen Löcher, ehe sie zu den großen würden.

Die Großmutter mahnte: „Gebt nur auch fein acht auf den Peterle, er ist so wild, daß ihm auf dem Schiff nichts zustößt!"

Philipp zählte der Großmutter noch einmal das Geld vor, womit sie die Futterschulden vom vorigen Jahr und die Einkäufe für heuer bestreiten sollte. „Also hier, in dem Beutele, ist alles beisammen. Und nicht wahr, Großmutter, Ihr zahlt's lieber gleich, daß es nicht herumliegt? Und nicht wahr, Großmutter, Ihr nehmt Euch da und dort den Vetter Andreas, daß er Euch hilft? Und was ich noch sagen wollte, laßt im Herbst den Küfer kommen, daß er Euch ratet. Es wird im oberen Weinberg immerhin noch ein gutes Weinle geben. Gönnt Euch dann und wann ein Glas voll, das braucht man im Alter!"

Damit ging der Philipp hinaus. Er lief noch einmal durchs

Haus und durch den Stall, wie er es heute schon wiederholt getan hatte. Die Kathrine sprach von Nelkenablegern und Kressensamen, der in der oberen Schublade sei, von Waschseife und von dem Tuch draußen auf der Bleiche. Als aber die Großmutter so gar still dasaß und auf alles fast nichts antwortete, da war's auch auf einmal um die Fassung der Kathrine geschehen, und ihren Sessel wegschiebend, kniete sie neben die Großmutter hin und legte schluchzend ihren Kopf in deren Schoß.

Auch die Großmutter hätte gern geweint, es war aber nur ein trockenes Schluchzen, denn ihren Tränenvorrat hatte sie in der letzten Zeit ganz in der Stille vergossen, durch sie sollte keinem das Herz noch schwerer gemacht werden. Nun war's einmal so, nun mußte man's tragen. Und die Hand auf dem Scheitel der Einzigen ruhen lassend, war es ihr gegeben, auch jetzt nur milde, gute, beruhigende Worte zu sprechen. Daß die Kinder ihren Herrgott hinüber ins ferne Land mit sich nahmen und ihn dort behielten, das war ihre größte Sorge, und das legte sie der Kathrine mit aller Innigkeit und Liebe ans Herz, alles zusammenfassend in den Worten: „Auch drüben wird's gelten wie hier: Erst glücklich machen, dann glücklich sein!"

Wo war aber das Hannele hingekommen? Das saß drinnen in der Kammer neben seinem schon lange fest schlafenden Mariele. Hannele hatte das Kind für die letzte Nacht noch in ihr Bett bekommen, des Kindes Bettstücke lagen draußen in der Tenne zu einem Bündel gepackt. Der Mond schien herein, und Hannele legte ihren vom Weinen heißen Kopf neben das rotgeschlafene Bäckchen ihres Lieblings.

Das Herz wollte ihr zerspringen.

Da aber rief des Vaters Stimme vom Stall her: „Hannele!“ Und als sie hinausgelaufen war, sagte ihr der Vater noch einmal genau, wie die Bläß zu behandeln sei, und was ihr gut tue. Und als sie zusammen wieder hereinkamen, da sagte die inzwischen aufgestandene Großmutter: „Wir wollen noch zusammen den Abendsegen beten und dann ins Bett gehen, – morgen heißt's früh aufstehen!“

Ohne viel Worte ging man darauf auseinander, – das Hannele in sein Bett, das nun schon neben dem der Großmutter stand, wo es bleiben sollte. So sachte es hineinstieg, so wachte doch das Mariele ein klein bißchen auf und wollte weinen. Da nahm sie es ganz fest in ihren Arm, beschwichtigte es und küßte es immer wieder mit tausend lieben Worten. Und schließlich war sie und das Kind eingeschlafen, während die Ahne nebenan noch lange mit gefalteten Händen dalag und aus tiefster Seele seufzte: „Herrgott, gib uns allen Kraft, – Herrgott, wende du alles zum Besten!“

VIERTES KAPITEL

Warum das Mariele mit Schokolade gestopft wird und Hanne einen Pfropf im Hals hat. – Schaffen macht leichter ums Herz. – Was Kathrine in der Nacht beim Fahren denkt, und wie Philipp mißtrauisch ist. – Eine Stube, die sich bewegt, und eine Straße, über die man nicht fahren kann.

„Hurra, hurra, – wir gehen nach Amerika!“ So schrie am andern Morgen der Peterle immer wieder in hellstem Vergnügen. Erstens hatte er einen nagelneuen Anzug an, ein Lodenjüpplein, einen Tirolerhut und dazu feste Lederhosen, so wie sie die Bauern im Orte trugen, und überall hatte er Taschen: „Eins, zwei, vier, sechs!“ so zählte er in großem Stolz seiner Großmutter vor, und all die Taschen und Täschlein waren übervoll von Schokolade, Äpfeln und kleinen Tüten mit allerhand guten Zuckerlen. Jedermann, der noch kam, um die Fortziehenden zu begrüßen, steckte dem Peter etwas zu, und Kathrine hatte nur abzuwehren, daß man ihr nicht auch noch das Mariele stopfte: jetzt schon hatte es ein ganzes braunes, klebriges Mündchen von Schokolade und von einer Feige, die ihm jemand in die Hand gegeben hatte. Obgleich der Weg zum Bahnhof eine halbe Stunde betrug, so ließen es sich die meisten Leute vom Dorfe doch nicht nehmen, noch bis dorthin zu gehen. Für die Familie Werner selber hatte der Ochsenwirt sein Gefährt angespannt, hintenauf lag das Gepäck.

Auch die Großmutter fuhr noch mit. Sie wollte Hannele nicht allein zurückkehren lassen und wollte doch auch bis zum letzten Augenblick dabei sein, das gehörte sich. Ging man doch auch mit auf den Kirchhof, wenn ein Liebes von einem schied, und hier war's ja doch fast gerade so, – ein Wiedersehen auf dieser Erde schien ihr ausgeschlossen.

Hannele hielt ihr Mariele fest umschlungen, und als ob dieses sie schon verstehen könnte, redete sie beständig ganz leise ins Ohr: „Mein Goldkäferle, mein allerherzigstes! Mein Schnuckerle, mein liebes, – mußt nicht weinen! Ich wein' auch nicht! Dein Hannele kommt ganz, ganz bald nach, und dann bringt's dir das Millemille mit und die Gluck-Gluck und einen ganzen Sack voll Äpfele vom Luigenbäumle. Und da springt's Mariele ihr entgegen, und wir bleiben immer, immer beieinander! ... Gelt, Schätzle, gelt?"

Und das Mariele guckte zu all den lieben Wörtlein etwas dumm und duselig in die Welt hinein. Es war alles so ungewohnt, und es hatte auch nicht richtig ausgeschlafen.

Wie schnell war die Fahrt vorüber und der Bahnhof da! In Hanneles Herz und Hals war's nun, wie wenn ein dicker, dicker Pfropf drin steckte, und sie hätte am liebsten hinausgeschrieen. Aber vor all den Leuten, die noch da waren, nahm sie sich doch zusammen, um so mehr, da die fremdesten Weiber mit Schürzen und Taschentüchern hantierten und schluchzten, als wäre man wirklich bei einem Begräbnis, und das alles ging nun sehr rasch. Ein jeder wollte noch etwas sagen und die Hand schütteln. Der Peter, der bis dahin so fidel gewesen, war nun auf einmal außer sich, als Hannele ihm sein Häschen, das man ihm erlaubt hatte, bis hierher mitzunehmen, wegnahm, und er schrie, wie wenn er am Spieße steckte: „Ich geb's nicht her, und ich nehm's mit!" Aber da hörte man schon den Zug heranrollen, und der Vater packte fest seine Hand. Der Stationsmeister, auch ein alter Bekannter von Philipp, riß eine Türe Abteil dritter Klasse auf, und Kathrine fiel der Großmutter zum letztenmal um den Hals und umschlang ihr Hannele. „Schnell, schnell!" mahnte der Stationsmeister und schob die Eltern mitsamt dem sich heftig sträubenden Peter hinein. Und nun mußte Hannele auch ihr Goldkäferle abgeben. Noch im letzten Augenblick war's ihr, als müßte sie herausbetteln: „Ach, bitte, bitte, laßt mir's doch!" Aber sie wußte, daß das ja unmöglich war. nur noch ein Küßle und dann noch eins, und dann ward die Wagentür zugeschlagen, und ein paar Dutzend Hände winkten, und alles blieb stehen, bis der Zug in dem Einschnitt unten am Waldrande verschwunden war.

Nun nahm die Großmutter ihr Hannele an der Hand und sagte – wie klang ihre Stimme doch so ganz anders als sonst! –: „So, jetzt müssen wir eben suchen, miteinander fertig zu werden, – gottlob, daß ich dich hab'!"

Viele von den Frauen kamen noch her und wollten wortreich trösten, und einige von denen, die am meisten geweint hatten, sagten: „'s ist eineweg nicht recht, daß man Euch so allein läßt!" Und: „In dem Amerika ist schon manches verkommen, was wunder was gemeint hat!"

Darauf erwiderte die Großmutter aber nichts, und sie war recht froh an dem Wäglein, das hinter dem Stationsgebäude gehalten hatte, und in das sie wieder einsteigen und all den Menschen entrinnen konnte.

Hannele war wie vor den Kopf geschlagen. Jetzt, wie war nur so etwas möglich? Gerade noch hatte sie das warme, liebe Körperchen von ihrem Mariele im Arm gehabt, und nun war alles leer, und ihr Kleines fuhr dahin, – war jetzt schon weiter, als manche Leute in einer Stunde laufen konnten. Peters Häslein schmiegte sich schnuppernd an sie, aber Hannele beachtete es nicht, und es wäre beim Aussteigen beinahe unter die Räder gefallen, wenn es sich nicht noch fest angekrallt hätte.

Als man heimkam, da lag noch alles herum, man hatte ja

nicht mehr aufräumen können, und die Großmutter sagte: „Wir wollen zuerst Ordnung schaffen.“ Für Ordnung war die Großmutter ja vor allem, äußerlich und innerlich. Und sie trugen zusammen das Frühstücksgeschirr hinaus und spülten es, sie zogen die Betten der Fortgereisten ab und schichteten sie in der Kammer auf, wo die Großmutter ein großes, buntgewürfeltes Tuch darüber breitete. Besser war's, das alles gleich zu tun, nachher war's vielleicht noch schwerer. Und dann mußte man der Bläß Futter geben, und Hannele setzte vorher Peters von ihr vergessenes, ganz verschüchtertes Häslein wieder zu den andern. Danach galt's die Hühner zu besorgen, – alles war außer Ordnung heute – und inzwischen war's beinahe Mittag geworden. Es war eigen, daß man das alles konnte, und daß alles so weiter ging, wie wenn nichts geschehen wäre. Die beiden sprachen auch gar nichts weiter über den Abschied, nur der dicke, dicke Pfropf in Hanneles Hals, der war immer noch da, und der Großmutter faltiges Gesicht war noch um einen Schein blässer als sonst.

Das Essen schmeckte auch keinem, obgleich sie beide nicht gefrühstückt und gevespert hatten. Aber die Großmutter sagte: „Wir wollen doch essen!“ Und nachher, als das bißchen Geschirr geordnet war, holte sie in der Tenne draußen zwei Hauen und gab die kleinere davon der Enkelin. „So, jetzt wollen wir zusammen auf den Acker gehen und Kartoffeln ausmachen – Arbeit ist gut!“

Der Schullehrer hatte Hannele heute freigegeben, und sie hatte sich vorgenommen, gleich nach dem Essen zu ihrer Freundin Karoline, der Tochter des Kaufmanns über der

Straße, zu gehen, mit der unbewußten Absicht, sich dort so recht gründlich auszuweinen. Die Karoline hatte ihr auch gestern gesagt: „Deine Großmutter darf dir schon jetzt recht viel Vergnügen verschaffen, wo du doch ihretwegen hiergeblieben bist!“

Ziemlich bestimmt, aber immerhin etwas ängstlich sagte Hannele: „Ich hab' heut frei und wär' gerne zur Karoline.“

Aber da erwiderte die Großmutter kurz und bündig: „Es ist besser, du gehst mit!“ Und wenn die Großmutter so sagte, dann widersprach ihr niemand, selbst die Eltern hatten's nicht getan.

Mißmutig, mit ihrer Hacke auf dem Rücken, schlich Hannele hinter der alten Frau drein. Ihr Gewissen sagte ihr, daß sie heute gerade lieb mit der Großmutter sein müßte, hatte doch die Mutter auf dem Bahnhof ihr dies noch besonders für die nächste Zeit ans Herz gelegt. Aber war sie, Hannele, denn nicht ebenso traurig, und hätte ihr nicht eine kleine Zerstreuung gut getan?

Auf dem Acker angekommen, konnte Hannele nun nicht mehr viel sinnieren. Eigentlich tat sie sonst gerne Kartoffeln heraus, es war das solch ein nettes Geschäft, mit der Hacke einzuhauen und zu sehen, wie die kleinen und großen runden Dinger so herauskollerten. Sonst, bei nassem Wetter, war's unlustig, die Früchte von dem anklebenden Schmutz zu reinigen. Heute aber war's eine Lust, die trokkenen, reinlichen Knollen in den Korb zu legen. Die Herbstsonne schien warm und doch nicht zu heiß. Das Käsebrot und der Most, das die Großmutter mitgebracht hatte, schmeckten nach mehrstündiger Arbeit auf einem grünen

Rain nun doch recht gut, und es war merkwürdig, um wieviel leichter es Hannele ums Herz geworden war.

Auch die Großmutter sagte unvermittelt: „Das ist gut, daß der Abschied vorüber ist, – nun ist etwas, was immer vor einem gestanden, hinter einem. Und wenn Gott Kraft gibt, so kann man wieder neu anfangen."

Hannele konnte jetzt auch von ihrem Mariele reden, ohne daß gleich ein Schmerzensausbruch erfolgte. Und als die beiden, tüchtig müde von der Arbeit, im goldenen Abendscheine nach Hause gingen, da ward ihnen fast friedlich zumute. Freilich, im Hause, als die Sonne untergegangen war und sie nach dem Nachtessen so allein in der sonst mit lieben Leuten aller Art gefüllten Stube saßen, da kam das Erlebte übermächtig über die zwei, und doch war's noch zu früh zum Schlafengehen.

Auf einmal klopfte es an die Türe, und Hanneles Lehrer trat ein. „Wollte nur noch geschwind nach Ihnen sehen, liebe Frau Aldinger, – kann mir denken, daß der heutige Abend kein leichter für Sie sein wird! Darf ich mich ein bißchen setzen?"

Das war eine Wohltat, daß jemand kam! Und Herr Ritter sprach nun ganz ruhig davon, wo die Reisenden nun etwa sein könnten. Dabei zog er eine Karte hervor, auf der er die Großmutter und Hannele den Weg anschaulich machte, den die Fortgezogenen zu machen hatten. Und dann erzählte er ihnen, was er aus Büchern wußte, von dem fernen, fremden Lande Argentinien, wodurch die Großmutter noch viel mehr erfuhr als seither aus den Briefen. Er sprach von fremden Ländern überhaupt, und wie die Welt so groß und weit sei, und wie klein wir einzelnen Menschenkinder darauf seien. Wie aber, wenn ein jedes seine Pflicht gerade auf dem Plätzlein, wo Gott es hingestellt hatte, tue, es allein Frieden ins Herz bekomme und eine frohe Aussicht darauf, auch einmal alle diese großen, wunderbaren Schöpfungswerke Gottes sehen zu dürfen. Wie unbewußt hatte er beim Sprechen über die Pflichterfüllung seine Hand auf Hanneles Kopf gelegt, und beim Fortgehen sagte er so liebreich wie noch nie zu ihr: „Wenn's die Großmutter erlaubt, Hannele, so besuch' uns auch manchmal. Lydia ist gegenwärtig hier, sie läßt dir sagen, daß es sie herzlich freuen würde, dich zu sehen!" Lydia war die älteste, von allen jüngeren Mädchen des Dorfes angeschwärmte Tochter des Lehrers. Sie war in der Stadt, um Nähen zu lernen und daneben im Haushalt von Verwandten zu helfen. Zu ihr kommen zu dürfen, war für Hannele wirklich eine große Freude. Zur Großmutter gewendet aber sagte Herr Ritter: „'s ist nur gut, Frau Aldinger, daß Sie die da haben!" Und Hannele und der Großmutter herzlich die Hand schüttelnd, verabschiedete er sich.

Während die beiden Zurückgebliebenen zu Bett gingen und vor großer Müdigkeit auch bald einschliefen, fuhr der Zug mit den Auswanderern weiter und weiter dem Norden zu. Ein langer, recht ermüdender Tag – einer, wie sie ihn noch nie erlebt, – lag hinter ihnen. Der Abschied, dann ein sehr volles Abteil, Peter, der beständig aufstehen und herumlaufen wollte, wo kein Platz war, das Mariele, das nicht gewöhnt war, immer auf demselben Fleck zu sitzen, und das immer bestimmter nach seiner Ann-Ann verlangte, das machte, daß die Eltern abends todmüde und glücklich waren, als die beiden Kinder endlich schliefen. Sie selber hatten sich auf den harten Holzbänken vermittels Wollteppichen einen Sitz zurechtgemacht, – zum Liegen war kein Platz. Sie versuchten zu schlafen, aber das Geratter der Räder, das plötzliche Anhalten an den Bahnhöfen, das ruckweise Wiederweiterfahren weckte sie immer wieder auf. Ein paarmal hatten sie einander gefragt: „Schläfst du?" und fast immer war die Antwort des anderen gewesen: „Nein!" Und dann dachten sie wohl an ihr warmes, gutes Bett daheim und an die Zurückgebliebenen, und Kathrine sagte plötzlich unvermittelt: „Jetzt ruft der Nachtwächter ein Uhr aus!" Gegen Morgen aber sagte Philipp: „Mir ist's, als hör' ich die Bläß schreien, – wenn nur das Hannele sie auch richtig zu behandeln versteht!"

Das Hannele – die Mutter! Wie konnte das nur auch sein, daß man in Zukunft ohne die beiden leben würde? Kathrine, die doch nicht schlafen konnte, sah in der beginnenden Morgendämmerung zum Fenster hinaus. Da flogen in wildem Lauf Dörfer, Städte und Gehöfte an ihr vorüber, Felder, Wiesen und wieder Häuser, – überall Häuser, und in diesen wohnten Menschen, junge und alte, kleine und große. Ob da nicht auch solche darunter waren, die zusammengewachsen waren und sich dann trennen mußten? ... Strahlend stieg die Sonne empor und beschien eine ganz flache, ganz andere Gegend als daheim. Die Gehöfte wurden seltener, aber sie waren um so stattlicher. Vieh und Pferde weideten auf den Wiesen, und der Schaffner öffnete die Türe und rief mit schallender Stimme: „Die nächste

Station ist Hamburg!“

Erschreckt waren die Kinder in die Höhe gefahren, und Mariele begann zu weinen und sich die Äuglein zu reiben. Der Peter aber, dessen Kopf wieder schlaftrunken zurückgefallen, war durchaus nicht wach zu bringen, so sehr der Vater ihn auch schüttelte und auf die Füße stellte. Mariele verlangte nach Milch, der mitgenommene Vorrat war aber erschöpft, und ein trockener Zwieback wollte ihr gar nicht recht behagen.

Philipp hatte mit dem vielen Handgepäck und dem nun endlich wach gewordenen Buben, der aber in nichts weniger als rosiger Laune war, gerade genug zu tun, als der Zug in eine riesige Bahnhofshalle einfuhr, an der in großen Buchstaben „Hamburg“ stand.

Welch ein Getriebe, welch ein Lärm und Getöse! Ganz verwirrt standen die Ausgestiegenen auf dem Bahnsteig, mitten in dem Gewimmel, umgeben von ihrer Habe und den weinenden Kindern. Der Agent hatte Philipp geschrieben, er werde ihn zu der bestimmten Stunde am Bahnhof erwarten. Aber wie viele Herren und Männer rannten da umeinander herum, und wie sollte man sich gegenseitig erkennen? Da endlich kam einer mit einer Brille, der ziemlich von oben herab fragte, ob er die Familie Werner aus Wiesenthal in Württemberg vor sich habe. Als Philipp dies freudig bejahte, winkte er einen Gepäckträger, der sofort all die Bündel, Körbchen und Taschen ergriff und Philipps fest in der Hand gehaltenen Gepäckschein dazu und, ohne ein Wort zu sagen, in der Menschenmenge verschwand.

„Halt, halt!“ rief Philipp anstvoll. Wie war er gewarnt

worden vor fremden Betrügern! Alles zurücklassend, wollte er dem Manne nachspringen, als der Herr ihn am Ärmel packte und sagte: „Seien Sie ruhig, ich habe dem Mann Ihre Adresse angegeben, und er wird alles an den richtigen Ort bringen.“

Mißtrauisch sah Philipp den Sprechenden an. Wenn am Ende dieser ein Betrüger wäre? Aber er hatte ja als Ausweis einen Brief vom Onkel Joseph in der Hand, und so folgte ihm die Familie bis zu einer Straßenbahn, die alle wiederum nach einer endlosen Fahrt in ein Wirtshaus am Hafen brachte. Der Herr mit der Brille erwies sich trotz seiner kurzen Redeweise und der Mundart, die Kathrine und Philipp nur schwer verstanden, als recht fürsorgend. Er sagte den beiden, daß am andern Morgen erst das Schiff nach Buenos-Aires abgehe, und daß sie sich heute nur die schöne Stadt Hamburg und besonders den Hafen ansehen sollten. Morgen früh werde er dann wieder zur richtigen Zeit da sein und sie auf das Schiff geleiten und ihnen die Fahrkarten einhändigen. Das erste, was Kathrine tat, war, daß sie unten am Eingang einen Herrn, dessen Rock mit goldenen Borten besetzt war, fragte, wo sie die Milch für ihr Kind bekommen könne. Der wies alle zusammen lächelnd in ein klein winziges Stüblein mit einer rot bezogenen Bank darin, in das sich auch ein ganz junger Mensch noch drängte. Das konnte doch nicht die Stube sein, in der sie die nächste Nacht zubringen sollten?

Was für ein Schrecken war's aber, als sich plötzlich das kleine Gemach in die Höhe hob. Mit einem Schrei tastete Kathrine nach Philipp und den Kindern, aber der junge

Mensch, der gleichfalls ein Jackett mit goldenen Borten trug, sagte lachend: „Das ist nichts zum Erschrecken, das ist nur ein Aufzug, und hier sind wir nun auch schon im vierten Stock.“ Damit öffnete er die Türe. Und wahrhaftig, man war, ohne irgend eine Treppe zu steigen, schon ganz hoch oben angekommen. Ein Kellner führte die Reisenden in eine geräumige Stube mit herrlich aussehenden Betten, und nun wäre Kathrine ganz beruhigt gewesen, wenn sie nur ihr Gepäck gehabt hätte. Es war doch schrecklich, so alles ohne dazustehen und warten zu müssen, ob's einem wildfremden Menschen einfiele, die Sachen zu bringen.

Wieder war ihre nächste Frage nach Milch für das immer noch laut schreiende Mariele, und auch Peter sagte einmal übers andere: „Ich hab' Hunger, Vater, – ich möcht etwas zu essen, Mutter!“ Eine Jungfer mit weißer Haube, die gekommen war, sagte: „Zum Frühstücken müssen Sie wieder hinunterfahren ins Frühstückszimmer. Sie werden wohl aber vorher ein bißchen Toilette machen wollen?“ So weit war Kathrine schon gebildet, daß sie wußte, daß in der feinen Welt Toilette machen so viel sei, als sich waschen und kämmen, und die tat's auch, obgleich es eigentlich sonderbar war, wenn man nicht vorher im Bett gelegen hatte. Auch getrauten sie sich kaum, die großen, schönen Krüge und Waschschüsseln zu gebrauchen. Hinunter gingen sie dann lieber zu Fuß die Treppe, denn Kathrine mochte sich nicht zum zweitenmal diesem unheimlichen Rutschkabinett anvertrauen, – man konnte doch nicht wissen, ob nicht so etwas zusammenbrach. Und nun in einem großen Zimmer mit vielen kleinen Tischen gab's Milch, Kaffee, frisches Gebäck und sogar noch Butter und Honig, was unnötig gewesen wäre, denn das kostete ja nur Geld. Das Mariele trank in durstigen Zügen seine Milch und hörte dann endlich mit Weinen auf. Der Peter aber hatte gleich zwei Brezeln auf einmal ergriffen und biß abwechselnd davon herunter. „Autsch, ist das fein!" Und ebenso tunkte er abwechselnd in Vaters und Mutters Kaffeetasse ein und durfte auch ebenso daraus trinken. Eine eigene Tasse traute man sich dem kleinen, lebhaften Burschen nicht zu geben.

Nun sah sich die ganze Welt viel rosiger an, um so mehr, als der Mann vom Bahnhof, der das Gepäck mit fortgenommen, es nun glücklich gebracht hatte, ohne daß irgendein Stücklein fehlte. Alles war nun oben in der Stube schön beieinander. Kathrine ging vollends das Herz auf, als nach dem Frühstück eine ältliche Frau, die Wirtin des Gasthofes, zu ihnen trat und fragte: „Sie sind Auswanderer? Da das Schiff nach Buenos-Aires erst morgen früh abfährt, ist Ihnen wohl daran gelegen, sich ein bißchen hier umzuschauen? Wenn's Ihnen recht ist, gebe ich Ihnen dazu eine kleine Anleitung."

Den beiden war's natürlich recht, obgleich sie sich für den Augenblick am liebsten in die guten, weichen Betten gelegt und ihren Schlaf nachgeholt hätten. Aber so wanderten sie kurz darauf mit einem Zettel in der Hand, auf den ihnen die Wirtin geschrieben hatte, was sie sich allenfalls ansehen sollten, zum Gasthof hinaus, Kathrine mit dem nun satt und wieder freundlich gewordenen Mariele auf dem Arm und Philipp mit Peterle an der Hand. So gingen sie durch etliche der nächstgelegenen Straßen und konnten nicht genug staunen über die mächtig hohen Häuser, über die vielen, vielen Menschen und über all die Fuhrwerke. „Ist denn heute Markt hier?“ fragte Philipp einen vorübergehenden Mann, der ihn aber nicht verstand, und deshalb auch keine Antwort gab.

Nun hätten sie sollen über die Straße gehen, um sich auf der anderen Seite einen Platz und das Rathaus anzusehen, aber das Hinüberkommen war nicht so leicht. Immer wieder kam von einer Seite her etwas getutet, gefahren, gerollt. Einmal wollte Philipp recht schnell machen, sprang aber mit einem Satz wieder zurück, denn zwei Straßenbahnen kamen von verschiedenen Seiten, und er wäre beinahe dazwischen hineingekommen. Dann rief er wieder die Kathrine: „Jetzt!“ und sie lief auch, so sehr sie laufen konnte, aber beinahe in ein Auto hinein. Sie hatte nach der anderen Seite geschaut und sein Tuten nicht gehört. Haarscharf kam sie gerade noch hinüber. Nun war aber der Philipp ihr nicht gefolgt, weil sich die Gasse im Verkehr wieder geschlossen hatte, und vergeblich winkte es dem andern. Mindestens zehn Minuten dauerte es, bis Kathrine es wagte, wieder herüber zu laufen, denn bei jedem Versuch, den Philipp machte, den Fuß auf die Fahrbahn zu setzen, schrie der Peterle Zetermordio und war nicht vom Fleck zu bringen. So blieben sie in Gottes Namen nun eben auf der einen Seite; es war vielleicht auch besser so, denn wie leicht konnte man sich in einer so großen Stadt verirren. Und wie dann wieder in den Gasthof zurückfinden?

FÜNFTES KAPITEL

Im Lichtspielhaus. – Von gelben Männern mit geschlitzten Augen und einem fliegenden Elefanten. – Eine Schachtel mit Spitzen und seidenen Bändern. – Von einer altväterischen Großmutter und einer wahren Freundin. – Mariele hat ihre Ann-Ann noch nicht vergessen.

Die Wirtin hatte gesagt, sie sollten das Alsterbassin mit den Schwänen ansehen und dann nach St. Pauli hinausfahren, das sei eine Vorstadt, wo es allerhand Sehenswürdigkeiten gäbe, und hatte ihnen aufgeschrieben, mit welchen Straßenbahnen sie zu fahren hätten. Aber der Mut war den beiden nun gänzlich entfallen, und doch wollten sie noch nicht nach Hause zurückkehren.

Da las Philipp über dem Eingang eines großen Hauses das Wort „Lichtspielhaus". Das war das Richtige. So etwas hatte er einmal daheim in der Hauptstadt gesehen, und das hatte ihm gefallen. Da kannte man sich doch auch schon aus und wußte, was einen erwartete. Rasch entschlossen nahm er ein paar der gelb und blauen Zettel entgegen, die ein Türhüter mit dreieckigem Hut und großen goldenen Knöpfen am Rock ihnen anbot. Philipp zahlte für sich und Kathrine je fünfzig Pfennig und für die Kinder die Hälfte, obgleich es damals in der Residenz nur zwanzig Pfennig gekostet hatte, und gleich darauf saßen sie auf Klappstühlen in einem dunklen Raum. Die Musik spielte im Hintergrund einen Marsch, und auf der Bühne marschierten eine Menge Soldaten vorüber. Das freute Philipp, der auch gedient hatte. Eine Parade wurde dargestellt, die der Kaiser abnahm, und Kathrine gefiel ganz besonders, wie die Kaiserin und ihre Tochter in einem Wagen sitzend mit verschiedenen Herren auf tänzelnden Pferden sich unterhielten. Der Peter aber wollte vor Vergnügen gar nimmer sitzen bleiben, als Kavallerie und Kanonen kamen, und einmal über das andere rief er: „Siehst, Vaterle, die vielen Gäul? Vaterle, wo sind jetzt auch die Erbsen, mit denen man schießt?“ Er strampelte und hüpfte in hellem Entzücken von einem Bein aufs andere. Als die Sache aber vorüber war und er sich wieder setzen wollte, da war der Sitz seines Stuhles inzwischen in die Höhe geschnellt, und der Peterle lag am Boden. Geschadet hatte es ihm nichts, aber doch recht weh getan, und ziemlich mißmutig sah er dem weiteren Verlauf des Spieles zu. Es kam auch etwas, was man gar nicht verstehen konnte: lauter Frauen mit ganz langen Röcken und Herren, die mit diesen sprachen, aber man wußte ja doch nicht was. Und dann gab’s Händel, und dann wieder küßten sie sich, und auch die Mutter sagte schließlich: „Horch, Philipp, von der ganzen Geschichte verstehe ich gar nichts, und mit dem Geflimmer vor den Augen herum wird’s einem ganz dumm!“ Das Mariele begehrte auch einmal übers andere: „Fot, fot!“ Es war ihm unbehaglich in dem dunklen Raum. Und als nachher noch geschossen wurde und ein Mord nach dem andern vorkam, da hatte auch der Philipp genug, und sie gingen wieder zusammen auf die Straße hinaus. Er meinte: „In Stuttgart ist’s schöner gewesen, mich dauert das Geld, das wir für all das dumme Zeug ausgegeben haben!“

Da standen sie nun von neuem, und Kathrine sagte: „Was meinst du, wollen wir's wagen und nach dem St. Pauli hinausfahren?" Sie schämte sich ein bißchen vor der Wirtin, so unverrichteter Sache wieder heimzukommen. Als sie aber an den auf dem Zettel bezeichneten Kreuzungspunkte der Straßenbahnen angekommen und damit wieder in das ärgste Gewühl, da faßten sie den Entschluß, doch lieber ins Wirtshaus zurückzukehren und dort ein wenig auszuruhen. „Wenn man solch eine große Reise vor sich hat, so ist's doch eins, ob man das bißchen Hamburg gesehen hat oder nicht."

Dies sagten sie auch der Wirtin, die sie bei ihrer Zurückkunft fragte, wo sie gewesen seien. Diese lächelte allerdings, hatte aber Ähnliches wohl schon oft erlebt. „Nur", sagte sie, „den Hafen, den müßt ihr euch heute sicher noch ansehen, – so was gibt's nirgendswo wie hier!"

Und der war auch nicht weit entfernt, und verschiedene andere Auswanderer, die auch in dem Gasthaus wohnten, gingen gleichfalls des Nachmittags hin. Wohl hatten die beiden schon Bilder vom Meer und von Schiffen gesehen, daß aber eine solche große Anzahl beisammen sein konnte, das wußten sie nicht. Das waren ja keine Schiffe mehr, das waren ja ganze Paläste mit vielen Stockwerken! Und daneben all die Hunderte von kleinen Schiffen und Barken und die vielen bunten Wimpel, auf jedem Schiff wieder andere. Und all die fremdartigen Menschen, die da herumschwirrten! Kathrine erschrak zu Tod, als sie einmal, sich umwendend, plötzlich dicht neben sich einen Neger stehen sah, einen kohlschwarzen mit fletschenden weißen Zähnen. Ach, wenn die drüben so aussahen, wie würde das schrecklich sein! Aber Philipp tröstete sie und sagte: „Dort sind ja gar keine Neger, sondern Indianer, und die sehen nicht schwarz, sondern rotbraun aus. Und du weißt doch, wie der Onkel geschrieben hat, daß das keine Indianer sind wie in den Geschichten, wo sie den Feinden den Skalp abziehen, sondern daß es ganz friedliche, fleißige Leute sind!"

Nun rief Peter: „Gucket auch nur, was da kommt!" Und es war en Trupp kleiner, gelber Männlein mit geschlitzten Augen, – Japaner. Und von der andern Seite her kam ein Chinese in blauer Jacke und gelbem Hut. Und dann, – nein, so etwas hatte man wirklich nicht gewußt, daß es sein könnte: da war ein riesenhaft großer Kran oben mit einem Haken, der senkte sich auf eines der Schiffe hernieder, und dort wurde ein Elefant, ein leibhaftiger, großer Elefant, an Riemen, die er um den Leib hatte, eingehakt und in die Höhe gezogen. Ganz zum Fürchten war's, wie das großmächtige Tier in der Luft schwebte, den Rüssel gerade hinausstreckte, und wie es dann langsam auf eine Stelle am Landungsplatz herabgelassen wurde. Dort standen wieder fremdländische Menschen mit brauner, bloßer Brust und weißen Turbanen, die nahmen das Tier in Empfang. Und dieses, das seine Wärter wohl schon kannte, ließ sich willig von ihnen in einem Riesenwagen hineinschieben, der dann sofort auf Schienen zum Güterbahnhof gebracht wurde. Der Elefant sollte dann irgendwo in einer fernen Stadt in einer Menagerie gezeigt werden. Auch Pferde wurden auf solche Weise ausgeschifft, und Kathrine und die Kinder wären wohl nicht zum Fortbringen gewesen, wenn nicht einer der Mitauswanderer vom Gasthaus zu Philipp gesagt hätte: „Kommen Sie, wir wollen uns doch auch einmal das Schiff ansehen, dem wir uns morgen anvertrauen sollen!"

Sie schoben sich durch das Gedränge auf eine andere Seite des Hafens, und hier war zwischen vielen andern ein großer Ozeandampfer, der den Namen „Esperanza" trug. Philipp wußte schon, daß sein Schiff diese Bezeichnung haben würde, es freute ihn aber, als der Mann ihm erklärte, das Wort sei spanisch und heiße auf Deutsch „Hoffnung". Hoffnung! Ach ja, das konnten sie brauchen, denn ihre ganze Zukunft war ja auf Hoffen gestellt! Voll Neugierde, die wohl aber auch mit etwas Angst gemischt war, besahen sie sich das Riesengebäude, in dessen untere Räume jetzt schon Waren aller Art eingeladen wurden. „Damit wir nicht verhungern unterwegs", scherzte Philipp.

Aber über Kathrine war plötzlich eine große Unruhe und Bangigkeit gekommen, und sie sagte: „Wir haben jetzt genug gesehen, – wir wollen nach Hause gehen!" Es überfiel sie wie ein Zentnergewicht: „Jetzt, heute noch kann ich sagen „nach Hause gehen", wenn's auch nur in ein fremdes Wirtshaus ist. Morgen schon gibt's das nicht mehr! Und wer weiß, wo und ob man das überhaupt wieder einmal wird sagen können!"

Alle waren nun recht müde, die Kinder verlangten bei Tag schon ins Bett, und für die Eltern verging der Abend mit allerlei Richten, auch noch mit Einkäufen. Der Agent war noch einmal gekommen, und auch die Wirtin des Auswanderergasthofes, die wirklich ein warmes Herz für ihre Gäste hatte, riet noch, dies und das, was praktisch sei, mitzunehmen, so unter anderem noch mehr Wolldecken,

Kopftücher und einige große Ledertaschen, wie die beiden noch nie welche gesehen. „Zu was sind denn die auch?“ fragte Kathrine zweifelnd und war nicht so ganz befriedigt, als die Wirtin nur einfach antwortete: „Ihr werden schon sehen, wozu Ihr die brauchen könnt, und dabei an mich denken!“

Recht spät, viel später, als sie gewollt hatten, nahmen die zwei ihr Nachtessen unten in der Wirtsstube ein, und da überkam's Kathrine, nun man endlich einmal saß, daß sie ja eigentlich fast den ganzen Tag noch nicht an daheim gedacht habe, und jetzt war sie fast zu müde dazu. Es war wohl auch besser, nicht zu denken. Und auch Philipp sagte vor dem Einschlafen nur: „Ich hab' dem Hannele noch gesagt, daß sie der Großmutter allemal abends vor dem Schlafengehen noch ein Gläschen mit dem vorjährigen Träubleswein einschenken soll, – der gibt Kraft!“ Dann aber schliefen die beiden übermüdeten Menschenkinder fest und traumlos in ihren fremden Betten bis zum Morgengrauen des Tages, der sie der deutschen Heimat entführen sollte. –

Ein grauer Nebeltag war es, als die Großmutter daheim zu Hannele sagte: „Ich hoffe nur, daß sie auf dem Wasser helleres Wetter haben als wir, damit der Kapitän auch sieht, wo er hinfährt!“ Wenn die beiden Zurückgebliebenen von den Fortgegangenen sprachen, so war es meist mit „sie“, denn ihre Gedanken weilten ja doch fortwährend bei den fernen Lieben.

Als Hannele am Morgen nach dem Abschied aufgewacht war, hatte sie die allerbesten Vorsätze gefaßt, gescheit und vernünftig zu sein. Als sie aber in die Schule kam, da umringten sie alle Kinder, und ein jedes wußte etwas anderes: „Dauerst du mich, daß du hast zurückbleiben müssen!" – „Hannele, hast du verschwollene Augen! Glaub's wohl, du wirst grausig Heimweh bekommen!" – „Hannele, wenn nur an dein Mariele nichts kommt auf der großen Reise! Bei der argen Hitze da drinnen sterben die Kinder viel, viel leichter als bei uns!" – „O Hannele, wie wird's dir auch gehen bei deiner ernsthaften Großmutter, die so wenig lacht! Bei der möcht' ich nicht wohnen, die gönnt dir gewiß kein bißchen Lustigsein!" Letzteres sagte des Schuhmachers Gret, ein überlustiges Mädchen, das sich schon lange an Hannele machen wollte, dessen Umgang aber die Großmutter nicht mochte.

All das Gerede, wenn's auch vielleicht gut gemeint war, wühlte Hanneles kaum unterdrückten Schmerz wieder auf, und es war gut, daß die Stunde begann und sie sich zusammennhemen mußte. Ihre Kameradin, die Karline, die in der Schule neben ihr saß, flüsterte ihr noch zu: „Nimm's nicht schwer, was sie reden, und komm heute nachmittag zu uns. Wir haben die Nähsophie, die macht mir ein neues Kleid, das schau dir an. Fein wird's, sag' ich dir, und dann kannst du dir gleich von dem Stoff, den deine Mutter dir noch gekauft hat, das gleiche machen lassen!"

Die Karline hatte recht, man mußte nicht alles so furchtbar schwer nehmen, und das mit dem Kleid, das wäre wirklich nett. Daran zu denken war jetzt doch auch etwas Angenehmes!

Lehrer Ritter, der heute Hannele mit Fragen verschonte, weil er sich dachte, daß ihre Gedanken wohl wo anders weilten, wäre wahrscheinlich erstaunt gewesen, wenn er gewußt hätte, daß Hanneles Zerstreutheit augenblicklich einem Kleide galt. Vor Schulschluß reichte er ihr noch die Hand und sagte: „Lydia erwartet dich in der Dämmerung, und die Buben freuen sich auch, dich zu sehen!" In der Dämmerung, das war geschickt, so konnte Hanne vorher nach der Nachmittagsschule noch zur Karline gehen. Es regnete, und man konnte nicht auf den Acker hinaus, und die Großmutter erlaubte gern, daß Hannele die beiden Besuche machte. Ihr und dem Mädchen tat Ausruhen heute recht gut.

Als Hannele nach vier Uhr ins Kaufmannshaus kam, hatte die Näherin, die bucklige Sophie, eben den letzten Besatz an Karlines Kleid geheftet. Es war ein guter karierter Wollstoff, aber vornherein am Ausschnitt waren viel falsche Spitzen und seidene Bändelein garniert. Dasselbe wiederholte sich an den Ärmeln. Das war doch einfach prachtvoll, und Hannele, das bisher nur ganz schlicht gemachte Kleider ohne jeglichen Ausputz gehabt hatte, lief ganz erfüllt von dem Gesehenen zur Großmutter hinüber. Die Sophie hatte nämlich gesagt, sie sollte gleich wissen, ob Hanneles Kleid auch so gemacht werden würde, wegen des Spitzenstoffes und der Bänder, die sie sonst wieder in die Stadt zurückschicken müsse.

Zuerst freute sich die Großmutter, als Hanneles Gesicht nach langer Zeit wieder einen fröhlichen Ausdruck zeigte. Als aber diese, sich überstürzend, mit lebhaften Worten schilderte, um was es sich handelte, da schüttelte die Großmutter bedenklich den Kopf. „Horch", sagte sie, „ das gefällt mir nicht, was du mir da vormalst! Weiß wohl, daß die modernen Mädchen, die aus der Stadt kommen, solche Firlefanzgeschichten tragen. Habe auch schon so durchsichtige Herzvorstecker gesehen und dabei jedesmal gedacht, wie unsolid das Zeug sein muß, und wie es bald schmutzt. Und vollends an den Ärmeln vorn, da kann man ja gar nichts mit schaffen! Nein, Hannele, das schlag dir aus dem Sinn, so was paßt nicht für ein Bauernmädle, das du bist. Geh nur gleich wieder hinüber und sag dem Sophiele, sie soll deinetwegen ruhig das feine Zeug wieder zurückschikken. In der nächsten Woche aber laß ich sie bitten, daß sie für einen Tag zu uns kommt und dir dein neues Kleid macht – sauber und nett soll's werden, das verspreche ich dir."

Hanneles Gesicht war auf einmal wieder ganz lang geworden, und in recht unguter Weise sagte sie: „Was die Karline hat, kann ich doch auch haben!" Aber als die Großmutter mit einem kurzen Nein erwiderte, da wußte sie, daß sie nichts mehr erreichte, und recht mißmutig berichtete sie ihren Mißerfolg im Kaufmannshaus.

„Hab' mir's gleich gedacht, daß deine Großmutter dir diese Freude nicht gönnt!" sagte die Krämerin.

Die bucklige Sophie aber meinte: „Die Frau Aldinger ist halt eine altmodische Frau, die nichts vom Feineren versteht, da kann man nichts machen!" Etwas ärgerlich wickelte sie den Rest ihrer Bänder, den sie gerne angebracht hätte, zusammen.

Eine altmodische Frau! Ja, so nannten gar viele im Dorf die Großmutter. Aber ein anderer Teil Menschen, und das war nicht der schlechtere, sagte: „Die Frau Aldinger, das ist noch eine Frau vom alten Schlag, von echtem Schrot und Korn! Ja, wenn alle Leute so wie sie wären, da wär's noch gut um die Welt bestellt, und die Schreiner-Philipps haben ruhig ihr Hannele bei ihr lassen können. – Wenn die der Großmutter einmal nachartet, dann wird was Rechtes aus ihr."

Ernst, freilich, so hatten das Leben und jetzt vollends die letzten Ereignisse die Großmutter gemacht. Aber tief im Innern hatte die alte Frau einen Frieden, der mehr wert war als die lauteste Fröhlichkeit der Jungen. Und wie innig war ihr Wunsch, die Enkelin nicht nur zu einem wackeren Menschenkinde zu erziehen, sondern ihr auch ihre Jugend so viel als möglich fröhlich zu gestalten und ihr das Opfer zu vergelten, das sie und die Eltern ihr brachten.

Als Hannele wiederkam, ward das Kleidergespräch nicht mehr berührt, und die Großmutter sagte: „Jetzt geh zu der Lydia, und wenn sie dich haben wollen, so kannst du den ganzen Nachmittag dort bleiben; ich brauch' dich nicht!"

Hannele ging fort, aber gar nicht mehr so vergnügt, wie sie ein paar Stunden vorher sich dachte. Die Kleidergeschichte spukte ihr noch immer im Kopf.

Die Lehrersfamilie empfing sie aufs herzlichste. Frau Ritter reichte ihr die Hand und sagte: „Das ist recht, daß du uns besuchst", und Lydia gab ihr einen festen Kuß mit den Worten: „ Wir wollen uns nur gleich behaglich setzen. Hab' schon viel heut und gestern an dich gedacht, Hannele, – aber davon wollen wir nachher reden."

Lydias Brüder kamen, zwei halbwüchsige Buben, die ins nahe Städtchen in die Schule gingen, und brachten einen

Riesenhunger mit. Frau Ritter schenkte aus der großen braunen, dickbauchigen Kaffeekanne ein, und Lydia goß Milch dazu. Dann gab's zu Ehren des Besuches statt Brot Butterkuchen, der in große Streifen zerschnitten wurde, und Herr Ritter fragte Hannele, ob sie am End' schon eine Postkarte bekommen habe. Als diese verneinend den Kopf schüttelte, tröstete er: „Wenn noch keine da ist, so wird sicher bald eine kommen!" Und nun sprach Herr Ritter ganz ruhig und natürlich von den Reisenden, von dem, was sie von der Heimat weggetrieben hatte, und von dem, wie's wohl drüben sein werde.

Hannele, die bis jetzt ängstlich vermieden hatte, über all das zu reden, war's nun fast eine Wohltat, davon zu hören. Herrn Ritters Art zu sprechen war so ruhig und verständlich und auch nicht so, daß man gleich wieder darüber ins Weinen kommen mußte. Die Buben freilich, die sagten einmal übers andere: „Schad' ist's, Hannele, daß du nicht mitdurftest!" und der Jüngere meinte: „Autsch, wenn ich mir denke, daß deine Leute wirkliche, echte Indianer zu sehen kriegen! Ich glaub', ich hätt' mich an deiner Stelle hinten am Zug angehängt, nur um mitzukommen!" Aber alle mußten lachen, als Herr Ritter sagte: „Da wär' unser Hannele nicht weit gekommen, und ich glaube, wir hätten sie bald als zerquetschtes Zwetschgenweiblein auflesen müssen."

Nach dem Kaffee setzten sich Lydia und Hannele zusammen hinaus in die Laube, und erstere Schlang den Arm um die jüngere Freundin und sagte in innigem Ton: „Weißt, Hannele, ich fühl' dir alles nach, wie dir's zumute ist, daß du deine Leute hast hergeben müssen und deinen Peterle und dein Mariele!“

Bei letzterem Namen füllten sich Hanneles Augen sofort mit Tränen, und Lydia sagte: „Ja, wein' du nur! Ich sag' noch einmal, leicht ist's nicht, und daß du Heimweh kriegst, ist natürlich. Ganz im kleinen weiß ich auch, wie's tut, wenn die Residenz auch nicht Amerika ist, und wenn ich auch von Zeit zu Zeit die Meinen sehen kann. – Ein wenig zu kämpfen hab' ich auch. Die Mädchen in der Nähstunde sind so ganz anders als die hiesigen, und sie lachen mich recht oft aus wegen meines bäurischen Sprechens, und daß ich nicht so Staat mache wie sie. Da will mir's auch manchmal schwerfallen, die Tante aber sagt, ich solle mir nichts daraus machen, ich gefalle ihr viel besser in meinem frischgewaschenen Kattunkleid und der schwarzen Schürze, als die andern mit ihren falschen Bröschlein auf den unsauberen Spitzenblusen.“

Da erzählte Hannele nun von dem, was sie vorhin bekümmert hatte. Als Lydia aber herzlich darüber lachte, da erschien ihr die ganze Sache auch nimmer so wichtig, nur wiederholte sie den Satz von Karline und sagte: „Weißt, Lydia, alles wär' recht, wenn die Großmutter nur nicht gar so altväterisch wäre und bei allem sagen würde: ‚So war's eben in meiner Jugendzeit, und so sollt's noch sein.‘ “

„Denk' dir nur, Hannele, gerade so sind mein Onkel und meine Tante, die können sich auch gar nimmer in die jetzige Jugend hereindenken, und manchmal wird mir's auch ein bißle schwer. Aber wenn ich dann so abends bei ihnen sitze und sie von der guten alten Zeit erzählen und schildern, wie damals alles so einfach war, da mußt ich manchmal denken, behaglicher und gemütlicher muß es gewesen sein, und sie haben recht, man könnte noch viel draus lernen. Und weißt, Hannele, eine schöne Aufgabe hast du doch jetzt eineweg. Für deine Großmutter ist's doch fast noch ärger, daß deine Leute mitsamt den herzigen Enkelein fort sind. Und für all das hat sie jetzt nur noch dich, auch zum Schaffen und zum Helfen. Wirst's wohl jetzt auch so machen müssen wie ich, wenn mein Onkel und meine Tante oft ein bißchen verstimmt und mürrisch sind, daß ich ihnen dann eben ein heiteres Gesicht zeigen muß, wenn's mir auch nicht gerade leicht ist. Alt sein ist an und für sich kein Vergnügen, sagt Mutter."

Hannele schmiegte sich fest an Lydia an; was diese sagte, war immer gut und wohltuend. „Das ist alles schon recht, und ich will's auch beherzigen, und ich hab' ja auch die Großmutter von Herzen lieb. Und es wird ja wohl auch nicht gar zu lange währen, bis ich den Meinigen nachkommen darf; Vater hat mir das fest versprochen. Aber wenn sie mir nur mein Mariele gelassen hätten, mein Herzblättle, mein goldiges! Ich hätt's ja gepflegt und behütet, gewiß so gut wie die Mutter, und hätt's dann, wenn ich hinkomme, mitgebracht."

„Aber eigentlich, gelt Hannele, gehört das Mariele doch mehr deiner Mutter als dir?" erwiderte Lydia in leicht scherzendem Tone. Und nun kamen die Buben mit Körben und Obstbrechern in der Hand, und alles ging in den Obstgarten, um einen Spätbirnbaum zu leeren, und Hannele bekam ihre ganze Schürze voll Früchte zum Mitnehmen.

Großmutter stand unter der Haustüre und rief schon von

weitem: „'s ist eine Karte da, Hannele, eine Karte aus Hamburg!" Und dann setzten sie sich zusammen auf die Bank am Hause, und die Großmutter sagte: „Lies mir vor, Hannele." Und auf der Karte mit dem Bild vom Hafen und den Hunderten von Schiffen stand, von der Mutter eng geschrieben:

Liebe Großmutter, liebs Hannele!

Bis hierher sind wir glücklich gekommen, und in einer Stunde gehen wir aufs Schiff. Als wir so mächtig lange auf der Eisenbahn fuhren, und manchmal auch hier in all dem Menschengetue und Getreibe, hab' ich denken müssen: Wie steht's jetzt daheim, wird's der Großmutter nicht zu viel werden? Hilft mein Hannele auch tüchtig? Und jetzt, heut werdet Ihr wohl den Apfelbaum leeren, und der Vetter soll Euch helfen, damit keins von Euch einen Schaden nimmt. Laß überhaupt den Vetter so oft kommen, als es möglich ist, Mutter, und spar' das Geld nicht. Sowie wir drüben sind und verdienen, schicken wir, was wir erübrigen können. Das sagt auch Philipp. Wir haben hier noch allerlei kaufen müssen, was die Wirtin riet, das wir noch brauchten. Und jetzt geht's aufs Schiff, und ich hab' grausige Angst vor der Seekrankheit. Betet für uns, daß alles gut geht! Der Peter ist wie aus dem Häusle, seit er aus seiner Ordnung gekommen, das Mariele aber ist zufrieden, wenn's nur sein Schoppele hat. Eben sagt's so herzig: Ann-Ann!" und guckt sich dabei um. Es hat sein Hannele noch nicht vergessen.

Und jetzt behüt' Euch Gott tausendmal! Philipp ist unten in der Wirtsstube und zahlt.

Eure ewig getreue

Kathrine.

Oft und oft wurde an diesem Abend immer wieder das Bild betrachtet und der Mutter Worte gelesen, und unzähligemal sagte Hannele: „Glaubst du, Großmutter, daß mein Mariele wirklich sich nach mir umgeschaut hat? Glaubst du wirklich, Großmutter, daß es noch ein bißle an mich denkt? Weißt, ich mein' eben, so denkt, wie so ein ganz, ganz kleins Kindle es kann? Und was meinst du, wenn ich einmal hinüberkomme, wird's mich noch wiedererkennen?"

SECHSTES KAPITEL

Von Blumen, und was Onkel Andreas sagt. – Im Weinberg, und wie Hannele über drei Mäuerlein springt. – Der verschwundene Peter, und warum Kathrine sagt: „Gott Lob und Dank, Insektenpulver!" – Warum Hnnele über beschmutztem Briefpapier weint.

In den kommenden Tagen waren Großmutter und Hannele viel beschäftigt im Hausgarten. Bohnen und Gurken waren ja längst eingetan, aber die Spätzwetschgen wurden heruntergemacht und die Beete umgegraben, gerecht und gedüngt. Die Gartengewächse hatten sich nach dem Hagelschlag wieder teilweise erholt, teilweise waren sie nachgewachsen, und Obst gab es noch immerhin, wenn auch nicht so schönes, tadelloses wie sonst. Öhmd war auch einiges nachgekommen, und in den nächsten Tagen sollte im oberen Weinberg geherbstet werden. Es war immerhin ein Drittelsertrag zu erhoffen. Alle diese Arbeiten verrichtete Hannele nach der Schule nicht ungern. Das liebste aber waren ihr die Blumen im Garten, worunter sie ihre ganz besonderen Lieblinge hatte. Dahlien und Astern, brennende Liebe und Reseda standen noch in vollem Flor. Und als Lydia nach drei Tagen wieder ging, hatte ihr Hannele einen prächtigen Strauß gebunden, ganz groß und wie eine Pyramide geformt, so daß die Beschenkte lachend gesagt hatte: „Da mach' ich drei daraus in der Stadt, – die Reseden kriegt der Onkel, die Dahlien bekommt die Tante, die rosa Astern stelle ich in mein Stübchen und denk' dabei noch lange an mein liebes Hannele."

Frau Ritter aber meinte, wo nur auch das Hannele das schöne Blumenbinden herhabe, das könne ja kein Gärtner besser machen. Ja, darin war Hannele von jeher geschickt. Schon als ganz kleines Mädchen band sie Sträußchen aus Gänseblümchen, Vergißmeinnicht und Schlüsselblumen, auch Körbchen von Kletten und Schilf verfertigte sie nach eigener Erfindung und legte darein Beeren oder Eicheln oder Pilze, was es gerade gab. Ins Lehrerhaus war manch solches Körblein gewandert, denn Herr und Frau Ritter hatten eine große Freude daran, aber auch die Großmutter freute sich, solch niedliche Sachen auf der Kommode zu haben, und für den Sonntag durfte Hannele den ganzen Sommer hindurch einen Strauß im Garten holen und in die schöne, silbrige Glasvase stellen, die noch vom Großvater herstammte. –

Zum Herbsten kam für ein paar Tage der Vetter Gottlieb ins Haus, derselbe, der damals beim Heuen geholfen hatte. Ohne männlichen Beistand wäre man nicht zustande gekommen. Er kam auch sonst manchmal, um nach der Bläß zu sehen, und des Abends nach seiner Taglöhnerarbeit fand er sich auch des öfteren ein und rauchte sein Pfeifchen bei der Großmutter. Sie waren Geschwisterkinder und miteinander aufgewachsen, und wenn sie beisammensaßen, da gab es immer mancherlei zu bereden. Aber nicht nur von der Vergangenheit und Verwandtschaft, Vetter Gottlieb hatte außer dem Taglöhnern noch ein anderes Amt: er war auch Totengräber. Und wenn, was in dem kleinen Dorfe ja nicht gerade oft vorkam, ein Todesfall eintrat, so hatte er die letzte Wohnung zu richten und bei dem Begräbnis zu sein. Wer aber glaubt, daß der Alte dadurch trübsinnig und sehr ernst gestimmt gewesen wäre, der täuscht sich. Im Gegenteil! Für ihn war der Tod eines Menschen nur ein Hinübergehen in eine bessere Welt, und das Graben eines Grabes dünkte ihm fast, wie wenn die Mutter ein Bettlein für eines ihrer Kinder richtet. Mit dem Fortgehen von Philipp und seiner Frau war er im stillen nicht einverstanden gewesen. Sie hätten damit warten können, bis ihre Mutter nicht mehr lebte, war seine Ansicht. Aber geäußert hatte er diese nie, er hatte die Ansicht, daß man die jungen Leute machen lassen müsse und ihnen nicht dreinreden dürfe. „Unser Herrgott tut's auch nicht", konnte er sagen. „Der läßt auch jedes Menschenkind seinen eigenen Weg gehen."

Im Weinberg draußen war heute alles voller Leute. Die Schulkinder hatten frei zur Lese, und wenn sie in den eigenen Weinbergen nichts zu tun hatten, – leider waren es deren in der Umgegend ziemlich viele – so halfen sie da, wo's noch etwas zu helfen gab. Hannele hatte Karline eingeladen. Mit Hippchen – krummgebogenen Messerchen – und einem Kübelchen in der Hand, gingen die Mädchen von Stock zu Stock, schnitten Traube um Traube ab und zupften dann die einzelnen faulen oder vertrockneten Beerlein weg. War das Kübelein voll, so trug man's auf dem Kopf die Weinbergstaffeln hinunter auf den freien Platz und leerte es in die große Bütte in der Kelter aus.

Auch die Großmutter war noch sehr rüstig bei der Arbeit, nur das Steigen der Staffeln fiel ihr schwer, und die Kinder nahmen ihr das ab. Zum Vesper setzten sich die Großmutter, der Vetter und die zwei Freundinnen auf ein sonniges Weinbergmäuerlein, und es gab Schwarzbrot mit weißem „Luckeleskäs" und süßen Most, das schmeckte einfach herrlich. „Gottlob", sagte der Vetter, indem er sich mit seinem Taschenmesser ein Stück Brot abschnitt und es so recht gründlich, wie die Bauern es nach ihrer Arbeit zu tun pflegen, kaute, „gottlob, es ist doch noch viel besser geworden, als man damals nach dem Unwetter zu hoffen wagte."

„Ach ja", stimmte die Großmutter bei, „ich wollte nur, daß der Philipp und die Kathrine heute auch dabei sein könnten! Ich wollte, man könnte ihnen ein Schächtelein voll Trauben schicken. Trauben gibt's ja wohl dort drinnen gar nicht auf dem großen, weiten Camp, wie sie's heißen?" Und wieder, wie jetzt beim Ausgang fast eines jeden Gespräches, endete dieses mit dem Gedanken an die fernen Reisenden.

Karline meinte: „'s ist doch schon so mächtig lange, daß sie fortgegangen sind, und nur die eine Postkarte habt Ihr bekommen", worauf Hannele, für die Ihrigen fast beleidigt, erwiderte: „Ja, meinst du denn, man könne da vom Schiff aus Briefe auch so ohne weiteres wie hier in einen Briefkasten werfen? Vater sagte, daß wir vor acht Wochen, selbst wenn sie sofort bei der Ankunft schreiben, keine Nachricht mehr erhalten könnten. vier Wochen hinüber, vier Wochen herüber, das macht acht volle Wochen aus, und vor Mitte Oktober können wir, leider Gottes, auf nichts hoffen!"

„Au, das ist lange", sagte Karline und nahm dabei einen mächtigen Schluck Most. Sie dachte aber weiter nicht viel dabei, denn im Nebenweinberg hatten die Schulmeistersbuben Frösche losgelassen. Die hüpften nun mit leichtem Knall über das Weinbergmäuerlein zu den Mädchen herüber, so daß diese erschreckt in die Höhe fuhren und, Unsinn machend, anfingen, mit Stückchen roter Weinbergerde zu bombardieren.

Der Vetter scherzte: „Wenn ihr alles hinüberschmeißt, so haben wir ja keinen Boden mehr für unsere Stöcke", und die Mädchen hielten lachend inne und gingen wieder an ihre Arbeit.

Zum Mittagessen gab's warmen Kaffee, der, in Tücher eingepackt, in der Frühe mit herausgenommen worden war. Die Sonne schien vom klaren Septemberhimmel, und den Arbeitenden war warm geworden, da schmeckte der Kaffee doppelt gut. Gegen Abend aber ward's kühl, und die Arbeit war nun auch beendet. Etwas früher als sonst war man fertig geworden, und noch einmal wurden die Mostflaschen und Brotlaibe hervorgeholt und ein Imbiß genommen, ehe man heimkehrte.

„Hoffentlich haben sie dort auf dem Meer klares Wetter“, sagte die Großmutter wieder, und ein jedes der Feiernden suchte sich vorzustellen, wie denn das wohl auch sei, wenn man immer nur Wasser und Wasser und gar nichts anderes mehr sehen könne.

Da rief vom nächsten Weinberg eine Männerstimme herüber: „Frau Aldinger, ich hat' etwas für Sie mit heraufgebracht, 's ist mit der letzten Post angekommen.“ Es war der Briefbote, der hier oben auch ein kleines Weinberglein hatte, und Hannele hatte diese Worte kaum gehört, so sprang sie auf und kletterte wie eine Katze über zwei, drei Mäuerlein, um ebenso rasch mit einem Brief in der Hand wieder herüberzukommen: „'s ist vom Mutterle, 's ist vom Mutterle!“ konnte sie nur in allergrößter Aufregung sagen. Und auch die Großmutter zitterte ordentlich vor Überraschung. „Ja, wie kann denn das auch jetzt schon sein?“

Hannele wollte den Brief nur so ohne weiteres aufreißen, obgleich hinten herüber eine Marke mit einem mächtigen Schiff darauf geklebt war. Der Vetter aber nahm ihr das Schreiben aus der Hand und sagte: „Oha, so macht man's richtig! So was wird ordentlich und regelrecht aufgeschnitten.“ Und nachdem er zuerst sein Käsemesser an einem Büschel Gras abgestrichen und den Brief umständlich und ordnungsgemäß geöffnet hatte, gab er ihn dem vor Erwartung ganz zappelig werdenden Hannele, und nun durfte diese lesen. Diesmal fing der Vater an, und es hieß:

An Bord der Esperanza. Anfang Oktober 1904.

Liebe Großmutter! Liebes Hannele!

Ihr werdet erstaunt sein, jetzt schon einen Brief von uns zu erhalten. Das kommt so: Wir werden morgen wahrscheinlich einem großen Dampfer begegnen, der ein Boot aussetzt und Briefe in Empfang nimmt. So kriegt Ihr bälder, als wir dachten, Nachricht, und das ist recht. Wir schwimmen jetzt schon vierzehn Tage, und es ist kein Vergnügen zu denken, daß wir fast noch einmal so lange auf dem Schiff bleiben müssen. Unsere Karte von Hamburg werdet Ihr erhalten haben. Als wir eingeschifft wurden, ging's ganz tief hinunter, bis zum Zwischendeck. Dort kamen Kathrine und Mariele auf die eine Seite zu den Frauen, ich mit Peter auf die andere Seite, wo die Männer sind. Die Kabinen sind allemal für fünfzehn bis zwanzig Personen berechnet, und ein jeder hat für sich ein Plätzle nur so groß, daß er höchstens zwei Schritte machen kann. Die Lagerstätten, bestehend aus einer hängenden Matratze, einem Polster und einer Decke, sind so knapp übereinander, daß, wenn man sich schnell aufrichtet, man über den Kopf anschlägt. Es ist eine Anzahl Männer in unserer Kabine, die schon einmal drüben waren. Die hatten es los und belegten sofort die oberen Betten. Dies sind die besseren, obgleich man mit einer Leiter hinaufsteigen muß. Es stößt einem auch nichts so Unangenehmes zu von wegen der Seekrankheit, wenn man oben ist, als wenn man unten liegt, aber ein Sichbekragen gibt's da nicht. Und gerade so ist's bei der Kathrine drüben. Kaum daß wir eingestiegen waren, wurden wir in einem großen Raum alle samt und sonders von einem Doktor untersucht, ob kein Krankes darunter sei. Einige waren verdächtig und wurden sofort, ob sie wollten oder nicht, in die Spitalabteilungen gelegt. In den folgenden Tagen wurden wir alle geimpft, obgleich wir's doch schon waren, und Kathrine hatte schwere Arbeit mit Mariele, deren Ärmchen ganz hoch anschwollen. In den ersten Tagen hatten wir furchtbar Nebel, und niemand konnte schlafen wegen des Tuten des Nebelhorns, – das tut gerade wie ein wildgewordener Stier. Wir hatten auch hohe Wellen, ich glaube, sie wären über unser Häusle daheim gegangen. Ich hab' mir fest vorgenommen, nicht seekrank zu werden, aber ich war's doch sechs Tag lang, da hilft kein Wollen. Ich sag' Euch, das ist scheußlich, und ich wäre ganz gern gestorben. Den Peter hat's nicht gepackt, er ist ganz gesund geblieben, und das war für mich arg, denn er wollte beständig hinaus auf das Verdeck, und ich konnte doch nicht nach und sehen, was er treibt. Einmal hat uns der Peter einen argen Schrecken eingejagt. Denkt Euch nur, gerade als mir am allerübelsten gewesen, war das Büble auf einmal verschwunden. Als er so lange nicht mehr kam, krabbelte ich heraus und ging ihn suchen, aber nirgends war er zu finden. Ich sagte es endlich der Kathrine, die lief wie verzweifelt auf dem ganzen großen Schiff herum, und etliche sagten: „Der wird sich halt zu weit vorgebeugt haben und hinuntergefallen sein." Da hättet ihr die Kathrine sehen sollen, – kein Tröpfle Blut hat sie mehr im Gesicht gehabt. Aber auch mir ist das Übelsein ganz vergangen. Da auf einmal kommt etwas die Treppe vom Maschinenraum herauf, etwas ganz kohlschwarzes, Kleines und hinter ihm drein ein Heizer. Der rief mit lauter Stimme: Wem dieses Kind gehöre, das zu ihnen hinuntergekommen sei, der möge sich melden! Wir taten's erst nicht gleich, das schwarze Geschöpf konnte doch nicht der Peter sein? – Aber er war's doch! Haar und Gesicht wie ein Neger, sein schöner neuer Anzug über und über voll Ruß! Der Malefizkerl wollte sich einmal aus der Nähe das „Feuerle" da unten ansehen und stieg dazu die fast senkrechten Leitern, die beinahe vier Stockwerk tief ins Innerste des Schiffes führen, hinunter. Stellt Euch nur vor, wenn er ausgelassen hätte! ... Drunten habe er gesagt, er möchte sich nur ein bißle das Feuer ansehen und die vielen Puff-Puff. Und er habe sich gar nicht gefürchtet vor dem Höllenlärm, sondern habe allerlei geschwätzt und gefragt. Der Heizer, der mit ihm heraufkam, sagte, das sei ein ganzer Kerl, und er habe auch so einen daheim. Geschwitzt hat der Peter, – ich sag Euch, die schwarze Brühe ist nur so an ihm heruntergelaufen, und die Kathrine hatte keine kleine Arbeit, bis sie ihn nur einigermaßen wieder rein bekam. Um das schöne Jüpple ist's aber jammerschade, das bringt man nimmer zurecht. Ein paar Ohrfeigen hat der Schlingel dann gekriegt, obgleich wir glücklich waren, ihn wieder lebendig zu haben. Sie waren gesalzen, damit er sie nicht gleich wieder vergißt. Und denkt Euch, wie merkwürdig, meine Seekrankheit war von dort an wie verschwunden! Aber jetzt soll die Kathrine fortfahren, Euch zu schreiben. Nur das will ich noch sagen, daß wir viel an Euch denken, und Ihr sollt Euch nichts abgehen lassen. Wie gut mag die Luft jetzt im Weinberg sein! Habt Ihr wohl schon geschnitten?

Und jetzt mache ich weiter, die Kathrine, und sag Euch hundert und hunderttausendmal Grüß Gott! Es geht uns im ganzen ja gut, aber das Leben auf so einem Schiff hab' ich mir doch anders gedacht! Auf dem Verdeck, wenn man hinaus kann, ist's ja schön, und wenn das Meer so grausig weit und mächtig vor einem liegt, da fällt einem manches aus der Bibel ein von der Größe Gottes, und was der Lehrer einem in der Geographiestunde gesagt hat. Wundernett ist's auch, wenn die weißen Möwen um einen herumfliegen und Stücklein Brot auffangen, welche die von der ersten Kajüte hinunterwerfen. Wir werfen kein Brot hinaus, denn was wir bekommen, ist nicht zuviel. Am ersten Tag gleich erhielt jede von uns Frauen einen großen Henkeltopf, mit dem marschieren wir dann vor den Mahlzeiten in die Küche, wo wir unser Essen hineinkriegen. Alles in einen Topf: Suppe, Bohnen, Kraut. Man muß sich an dies Essen gewöhnen, und anfangs schmeckt es ja keinem. Fürs Mariele kann ich Milch und Zwieback haben, muß das aber besonders bezahlen. Mein Mariele ist mir ein rechter Trost, denn sie ist die einzige unter allen in meiner Kabine, die alleweil lustig und vergnügt ist. (Bei diesen Worten versagte Hannele die Stimme, und es gewährte eine ganze Weile, bis sie vor Schnupfen und Schluchzen wieder weiterlesen konnte.) Das Mariele ist auch der Liebling von allen, aber ich leide nicht, daß die andern Weiber es auf den Arm nehmen, denn ich hab's in der Gesellschaft nicht gut getroffen. Wir haben auf dem Schiff eine große Anzahl von polnischen Auswanderern, und Ihr macht Euch gar keinen Begriff davon, wie diese Frauen und Kinder schmutzig sind, und welchen Geruch sie an sich haben. Ob die je einmal ihre Wäsche gewechselt haben? Die schlafen dicht neben und unter einem, und Ihr könnt Euch denken, was das für eine Luft gibt! Und dann das Ungeziefer! Ich bin so froh, daß die Wirtin in Hamburg mir noch gesagt hat, ich müsse auch Insektenpulver mitnehmen. So streu' ich alle Abende das Mariele und mich von oben bis unten ein, und nur so haben wir ein bißchen Ruhe. Ich wollt', ich könnt' beim Philipp sein, aber so ist's nun einmal. Wenn's gut Wetter ist, dann gehen wir hinaus ins Freie, breiten unsere Teppiche aus und liegen dann wenigstens in der guten Luft. Wie gut ist's da, daß wir in Hamburg noch mehr Teppiche gekauft haben, denn manchmal weht ein recht kalter Wind, und dann hat man doch etwas, um sich drin einzuwickeln, und die Kopftücher sind auch recht am Platz. Nun, es ist auch schon über die Hälfte der Reise vorbei, und dann wird's ja wohl besser kommen! Ich schreib' Euch auf einem Brett, das man aufklappen kann, und das Mariele will mir alle Augenblicke die Feder aus der Hand reißen. Ein paar Haarnadeln hat es mir schon herausgezogen. („O mein goldiges!" schaltete Hannele hier ein. „Ach ja, gerade so hat sie's bei mir auch immer gemacht!") Das Mariele macht mir wohl viel Mühe, aber es ist auch mein Trost, liebes Hannele, und ich weiß nicht, wie mir's jetzt zumute wäre, wenn ich's nicht bei mir hätte! (Hier schaltete die Großmutter ein „Gottlob!" ein.) Jetzt eben hat man uns hinaufgerufen, es seien Delphine zu sehen, das war merkwürdig. Das sind Fische, die blasen ganze Springbrunnen aus ihrer Nase heraus, und das sieht sehr lustig aus. Lustig ist auch, wenn nach der Mittagstafel die Leute aus der ersten Klasse von oben herab Orangen und gute Sachen werfen. Darüber freut sich ein jedes, besonders die Kinder. Wenn sie aber Geldstücke herunterwerfen, gibt's gewöhnlich eine Balgerei, und das mag ich nicht, – da mag ich nichts davon haben!

Mutter, liebe, gute Mutter, kannst Du auch schlafen? Läßt Dich Deine Gicht auch gegenwärtig in Ruh? Tu nur nicht zuviel, der Vetter und das Hannele sollen Dir immer das Gröbste abnehmen! (Bei diesen Worten nickte der Vetter mit dem Kopf.) Und gelt, Du tust Dir auch manchmal was zugut? Laß Dir beim Ochsenwirt eine Flasche Rotwein holen und trink davon, wenn Dir's schwach wird! Hat die Näh-Sophie meinem Hannele schon das Kleid gemacht? Ist das Öhmd gut hereingekommen? Jetzt muß ich schließen, sie sagen, das Schiff komme bald vorbei.

Ich grüße alle in ganz Wiesental, besonders auch Herrn Ritter, den Vetter Gottlieb und halt – alle, alle.

Eure ewig getreue

Kathrine.

NS. Da, wo's ein bißle schmutzig ist, hat das Mariele sein Händle hergelegt, wie ich gesagt hab', ob sie einen Gruß ihrer Ann-Ann schicken wolle. Ich wasch's den Tag über gar oft, aber immer wieder wird's schmutzig durch den Kohlenstaub. –

Nun war der Brief zu Ende gelesen, und einen Augenblick lang sagte keines der Anwesenden etwas. Nur Hannele strich immer und immer wieder über die bezeichnete Stelle, wo die kleine Hand ihres Lieblings geruht hatte. Ach, wie wollte sie ihr Herzkäferle verküssen und an sich drücken, auch wenn's noch viel tausendmal schmutziger gewesen wäre, wie die Mutter schrieb! – Dann aber mußte man den Brief zusammenfalten und einstecken, denn es war Zeit zum Heimgehen, auch waren alle rechtschaffen müde von der langen Tagesarbeit.

Am nächsten Tage aber, es war ein Sonntag, kam eins nach dem andern aus Wiesental zu der Großmutter, – sie hätten gehört, es sei ein Amerikanerbrief angekommen, und sie möchten halt doch auch gerne wissen, was der Philipp und die Kathrine schrieben. Und immer wieder von neuem setzte die Großmutter die Brille auf oder las Hannele vor, was in dem interessanten Briefe stand, dessen Inhalt vorderhand noch bei keinem Bewohner von Wiesenthal Neid erregte.

SIEBENTES KAPITEL

Estancia Schwaben. – Jocko hat seinen bösen Tag, und Onkel Joseph wird ungeduldig. – Von zwei amerikanischen Schwestern. – Hilflos im neuen Erdteil. – Wie Kathrine reiten muß und Mariele sich müde schreit. – Die weite Pampa. – Wo ist denn die Hanne?

Weit, weit im fernen Westen von Südamerika, da, wo der Rio Negro – der Rhein von Argentinien – breit und mächtig dahinfließt, auf unermäßlich sich ausdehnendem Steppenland liegt eine ansehnliche Besitzung, eine Estancia, wie sie auf Spanisch heißt. Es war etwa vierzehn Tage später, nachdem der Brief unserer Auswanderer nach der schwäbischen Heimat abgegangen war, und der Berechnung der dortigen Bewohner nach mußten sie jetzt in Buenos-Aires, der Hauptstadt der großen Republik Argentinien, angekommen sein. Das Haus, in dem Vetter Joseph – José hier genannt – wohnte, hatte für europäische Augen ein sehr fremdländisches Aussehen. Ein langgestrecktes, niederes Erdgeschoß mit einem flachen Dach darüber, das war alles. Die Fenster waren klein und teilweise ohne Scheiben, die Türe niedrig und schmucklos. Nur etliche Bänke, rechts und links an der Hauswand angebracht, machten einen einigermaßen anheimelnden Eindruck. Die vier oder fünf Innenwände hatten nur aus Lehm gestampfte Böden, rohe Balkenwände und niedere Decken. Aber die Böden, waren doch hie und da mit Teppichen und Fellen belegt, und im größten der Räume, der Wohnstube, standen überraschend schöne Möbel: ein Diwan mit hellem, wenn auch etwas schmutzigem Seidenstoff überzogen, ein Glasschrank mit allen möglichen Seltenheiten darin, und in der einen Ecke, querüber gestellt, befand sich sogar ein ganz moderner Flügel. Auch in den Schlafzimmern Don Josés und seiner Gemahlin Elvira sowie in dem ihrer zwei halberwachsenen Töchter Christina und Isabella waren feine Pariser Betten mit bunten Seidendecken. Es gab auch Spiegel und Putztischchen mit allerlei Duftwassern und Schminkgeräten. Aber die hübschen Sachen kamen nicht zur Geltung wegen der vielen herumliegenden Dinge und der Unordnung, die infolgedessen herrschte.

Neben dem Hause standen lange, schuppenartige Gebäude, Ställe für die Pferde, einzelne Kühe und Schweine. Hinter ihnen befand sich ein ziemlich großer Blumen- und Obstgarten mit etlichen Blumen und Sträuchern. Hinter diesem, unvermittelt, dehnte sich die unermäßliche, mit hohem Riedgras bewachsene Pampa aus, nur hie und da von dichtem Buschwerk durchsetzt.

Onkel Joseph kam aus den Ställen, gefolgt von Christina und Isabella, zwei dunkelhäutigen Mädchen von etwa zwölf und dreizehn Jahren. Neben Christina lief ein wolfsartiger Hund, den sie fest am Halsband hielt. Auf Isabellas Schultern saß ein halbgroßer Affe, der von Zeit zu Zeit Grimassen gegen den Hund schnitt oder auch einmal versuchte, mit der behaarten Hand Christina in die Haare zu fahren. Auf einen Schlag Isabellas hin zog er die Hand zurück, aber der Vater sagte im Weiterschreiten etwas ärgerlich: „Jocko scheint heute wieder seinen bösen Tag zu haben, nehmt euch in acht. Ich mag's überhaupt nicht, wenn du den Kerl so frei ohne Kette auf der Schulter hast, Isabella!"

Diese antwortete nichts darauf, denn Jocko legte eben zärtlich seinen Kopf an ihre Wange, und sie flüsterte ihn mit allerlei Kosewörtlein zu.

Die drei gingen zu einer hügelförmigen Erhöhung unweit des Hauses, und Onkel Joseph zog aus seiner Rocktasche ein kleines Fernglas und setzte es an die Augen. „Nichts", sagte er kurz und steckte das Glas wieder ein. Er ging zurück dem Hause zu, während die Mädchen, die Augen mit der Hand beschattende, noch immer hinaus in die Ferne blickten.

„Wirklich nichts“, sagte Christina. „Und wir haben ihnen doch die guten Pferde geschickt, – da hätten sie doch jetzt zum Mittagessen da sein müssen!“

„Ich kann's eigentlich erwarten“, sagte Isabella, die Ältere. „Wer weiß, wie diese Base Hannele mit ihrer Mutter ist, und wie sie zu uns auf die Estancia passen! Nun, eins wird ja immerhin gut sein, daß sie arm sind und uns deshalb Arbeit abnehmen werden. Mutter sagt, sie habe sich jahrelang genug geschunden, nun sollen auch einmal andere arbeiten. Und von uns wird Vater jetzt hoffentlich auch weniger Hilfe verlangen, wenn die kleine Deutsche da ist!“

Bei Tisch, wozu Donna Elvira, die Mutter, in einer vertragenen, hellgelben, mit Spitzen besetzten Jacke erschien, wurde das Gespräch in obigem Sinne fortgesetzt, bis der Vater, der in einer großen Zeitung gelesen hatte, diese plötzlich niederlegte und sagte: „Nun hört einmal auf mit eurem albernen Gerede! Ein für allemal laßt es euch gesagt sein, daß meine Verwandten allerdings zu unserer Hilfe herüberkommen – Mammina und ich haben uns redlich bemüht und möchten's nun gerne leichter haben! Ihr beiden aber seid noch jung und sollt nie den Gedanken aufkommen lassen, daß die Verwandten irgendwie zu eurer Hilfe und Bedienung da seien. Ich denke, die Älteste wird euch eine angenehme Gefährtin werden, – im übrigen wird sie genug zu tun haben, ihren Eltern den Anfang zu erleichtern! Was die zwei kleineren Kinder anbelangt, – ich weiß nicht genau, in welchem Alter sie sich befinden, – so könnt ihr eure Kurzweil mit ihnen haben, so was hat euch doch bis jetzt immer gefehlt!"

„Eigentlich hat mir nie etwas gefehlt, wenn ich meine Pferde und meinen Jocko habe!" sagte Isabella und warf ihre Lippen auf, während Christina meinte: „Kleine Kinder sind etwas Nettes, nur dürfen sie nicht zu viel schreien und müssen folgen."

Donna Elvira aber, nach Schluß des Essens gähnend und sich streckend, sagte beschwichtigend: „Erhitzt euch nicht! Die neuen Menschen werden eben genauso anfangen müssen wie wir einstens. Und solange wir ihnen dabei helfen, werden sie auch die Pflicht haben, uns wieder zu helfen, – das ist doch klar!" Damit holte sie aus einem kleinen Lederbehältnis eine Zigarette hervor und zündete sie an einem auf dem Tisch stehenden brennenden Flämmchen an. Die drei Damen legten sich nach Tisch zur Siesta nieder.

Don José, der sonst auch gerne ein wenig nach den großen Ritten, die der meist des Morgens machte, rastete, fühlte heute dazu keine Ruhe in sich. Kaum hatte er eine Zigarre fertig geraucht, als er wieder aufstand und hinausging. Ein Weg, aber nur ein von vielen Pferdehufen ausgetretender, nicht künstlich gemachter, führte in der Richtung der nächsten Stadt, die etwa eine Tagesreise weit entfernt war, und von dieser Richtung her erwartete er die Ankömmlinge. Es war ihm heute so eigen zumute. Über zwanzig Jahre waren's schon her, daß ihm die argentinische Steppe zur zweiten Heimat geworden, mehr und mehr hatte er auch schon durch seine Heirat mit einer Spanierin die Art und Ansicht des Landes angenommen, nur selten noch drangen Nachrichten von drüben zu ihm herüber. Aber nun war's doch ein ganz eigenes Gefühl, zu wissen, es kamen Leute, die er in seiner Jugend als Kinder gekannt, – Blutsverwandte von ihm, eine Tochter der Base Christine, bei deren Vater er einst in die Schule gegangen, und nach der er seine Jüngste genannt hatte, Menschen aus dem Dorf, wo der daheim war, wo er seine ersten Jugendjahre verlebt hatte. Und er wollte wieder heimische Laute hören, von alten Zeiten mit ihnen sprechen können! – Man wird hart, wenn man drüben jahrelang um sein Brot gerungen hat, und es bleibt nicht mehr viel Raum im Herzen für Gefühle und weiche Regungen. Aber ganz hinten, da regt sich doch zuweilen die Erinnerung an einst, und das machte, daß Don José heute von neuem Ausschau hielt und dann in den Stall ging, sich einen Gaul sattelte und aufs Geradewohl hinausritt zu einer etwaigen Begegnung der zu Erwartenden. –

Das war keine gute Reise gewesen, die Philipp und Kathrine vollends hatten. Schlechtes Wetter und viel Sturm ließen sie beide aus der Seekrankheit nicht hinauskommen. Und als sie endlich im Hafen von Buenos-Aires festen Boden unter die Füße bekamen, da erschien dieser ihnen lange Zeit noch als gar nicht fest, sondern alles war noch wankend, der Kopf, die Glieder, der Magen. Und nun das ganz völlig Fremde, die andere Sprache, das andere Aussehen, das plötzliche Treiben und Gewoge einer überseeischen Stadt!

Und wo war der Abgesandte, den Onkel Joseph versprochen hatte zu schicken? In Hamburg war doch der Agent schon nach ein paar Minuten dagewesen. Aber hier standen sie nun, nachdem die langen Förmlichkeiten des Ausschiffens erledigt waren, auf dem Gehsteig einer breiten Straße, dicht am Ausschiffungsplatz und warteten und warteten. Wegen der vielen Pferde-, Ochsen- und anderen Fuhrwerke, der vielen Reiter und Autos hatten sie sich hier herüber geflüchtet und schauten jeden der braungebrannten Vorüberkommenden darum an, ob er sie wohl nicht anreden und begrüßen würde. Sie sahen sich auch die länglichen Wagen an, die in Masse auf dem Platze hielten, denn in einem solchen würde wohl ihre Reise weiter vor sich gehen. Noch drei Tage und Nächte bis zur Estancia Neu-Württemberg von Don José Aldinger am Rio Negro, wie die Adresse lautete.

Ein ganz eigenartig aussehender, schwarzhaariger Mensch mit gelben Lederhosen und einem großen, schwarzen Filzhut, der selbst reitend, noch zwei andere Pferde mit sich führte, erregte ihre Aufmerksamkeit. Immer von neuem ritt er um den Platz herum und dann wieder an die Landungsstelle. Die Pferde fingen an, ungeduldig und wild zu werden.

„Da möcht' ich auch nicht droben sitzen", sagte Kathrine, als eines derselben, ein Rappe, gar nicht weit von ihnen in die Höhe stieg, sich aber nach einem kräftigen Hieb des Führers bald wieder beruhigte. Plötzlich kam der Mann mit den Gäulen gerade auf sie zugeritten, und nachdem er die kleine Gruppe einen Augenblick mit scharfem Auge geprüft hatte, rief er mit fremdländischer Betonung: „Sẽnor und Señora Werner? ... Kommen aus Deutschland ... Aus Schwaben? ... Wollen zu Caballero José Aldinger?

Da riefen Philipp und Kathrine vereint mit lauter Stimme: „Freilich, freilich, das sind wir!“ und Philipp zeigte seinen Paß und die Photographie des Onkels Joseph, wie es brieflich ausgemacht war, vor. Den Paß wies der Reiter mit einer verächtlichen Handbewegung zur Seite, – es stellte sich später heraus, daß er nicht lesen konnte, – aber nach flüchtigem Ansehen der Photographie nickte er befriedigt, und dann sagte er in seinem mangelhaften Deutsch: „Bitte, Herrschaften, aufsteigen!“

Er begleitete seine Worte mit bezeichnenden Gebärden, Philipp und Kathrine sahen sich aber gegenseitig ganz erschreckt an. „Er wird doch nicht meinen, daß wir reiten sollen?“ sagte Kathrine. Und Philipp versuchte nun auch mit Gebärden und Deuten auf etliche Wagen, die herumstanden, zu erfahren, wo denn der sei, mit dem sie zu reisen hätten.

Aber da schüttelte der Mann nachdrücklich mit dem Kopfe und sagte: „Nix coche, – nix Wagen! In Pampa man kann nur reiten!“

Kathrine umklammerte Philipps Arm und sagte ganz entsetzt: „Das kann doch nicht im Ernst gemeint sein? Man wird doch nicht mir, die ich nie auf einem Gaul gesessen, zumuten, nur so ohne weiteres ins Land hineinzureiten? Und was soll denn mit den Kindern geschehen?“

Aber da hatte der Mann, der wohl ahnen mochte, um was es sich handle, auf eine Tasche, die auf der einen Seite des Pferdes angebracht war, gedeutet und gesagt: „Für Baby!“

Dann sah er sich um, und indem er die Finger zu Hilfe nahm, bedeutete er, es fehle ja noch ein Mensch. Drei

Große und zwei Kleine müßten da sein.

Da fiel es Philipp von neuem schwer aufs Herz, daß er dem Onkel nicht noch besonders vor der Abreise mitgeteilt hatte, daß das Hannele daheim bleibe, und er hielt gleichfalls etliche Finger in die Höhe und deutete auf sich und seine Frau: „Nur zwei Große und zwei Kleine!"

Nun drängte der Mann zum Aufsteigen und deutete nach dem Himmel, wo die Sonne nicht mehr hoch stand. Wahrscheinlich wollte er sagen, man dürfe sich nicht verspäten.

Philipp sagte nun, immerhin mit einigem Stolz: „Weib, 's ist nur gut, daß ich bei der Kavallerie gedient habe und reiten kann, und den Peterle werde ich vor mich auf den Sattel nehmen!"

Dazu nickte der Mann, der inzwischen abgestiegen war, befriedigt. Er hatte offenbar verstanden, was Philipp gesagt. Aber Kathrine! Sie mußte sich nun eben, so sehr sich auch alles vor Angst in ihr dagegen sträubte, von den beiden Männern in den Sattel heben lassen. Und auch noch vollends wie ein Mannsbild sollte sie droben sitzen! Das gehe nicht anders, bedeuteten die beiden. Und das Mariele, das vorher schon gar nicht von ihrem Arm herunter wollte, weil es sich vor allem Fremden fürchtete, nahm der Mann nun eben rücksichtslos ihr ab und steckte es tief in die Tasche, die er oben mit ledernen Schnürnesteln fest zuband. Ob das arme Kind schrie oder nicht, das war jetzt im Augenblick vollständig Nebensache. Auf jedes der Pferde rückwärts hinter dem Reiter oder vornherüber, wie es gerade paßte, wurde noch das Gepäck aufgeladen. Diese Rollen und Päcke gaben Kathrine aber immerhin ein etwas festeres

Gefühl. Dann nahmen die beiden Männer sie in die Mitte, – jeder von ihnen hatte zu seinem Zügel ein Stück Leine von Kathrinens Pferd in der Hand, und nun ging es in Gottes Namen vorwärts.

Ob auch Kathrine zu Anfang um die Wette mit Mariele bei jedem Puff auf dem holprigen Pflaster und bei jedem unruhigen Tritt des Pferdes laut aufschrie und jammerte – es mußte gehen, und es ging. Als das Kind sich müde geweint und vergeblich in allen Tonarten „Mam-mam, Pappap“ und „An-An“ zu Hilfe gerufen hatte, – o wie hätte letzteres das ferne Hannele zu verzweifeltem Mitleid gerührt! – da wurde auch Kathrine stiller und stiller. Mutter und Kind lernten einsehen, daß es einfach keine Hilfe und keinen Ausweg gab, und daß man sich fügen mußte. Wie das aber drei Tage und drei Nächte so fortgehen sollte, das erschien Kathrine einfach unmöglich. Und so schwer es ihr auch oft auf dem Schiff gewesen war, so sehnte sie sich nun wahrhaft auf ihr Zwischendeck und selbst zu ihren polnischen Reisegefährten mit all ihrem Schmutz und Ungeziefer zurück. Da wurde man doch wenigstens nicht mit jedem Schritt gestoßen und gar in die Höhe geworfen, wie es geschah, als draußen hinter der großen Stadt die weite Ebene anging und Juan, wie er sich nannte, die Pferde traben ließ.

„Ach, du mein Gott, – ach, du mein Gott, so etwas!“Philipp sorgte sich sehr um sein Weib, und manchmal gab er ihren verzweifelten Blicken nach und ließ einen Augenblick halten, damit sie sich wieder einigermaßen zurechtsetzen und dem Mariele irgend etwas zum Essen, was sie in ihrer Rocktasche vorfand, ins zuckende Mündchen stecken konnte.

Der Vergnügteste der ganzen Gesellschaft war Peter, der fühlte sich sicher und wohl geborgen bei Vater sitzen. Und je lebhafter es weiterging, desto lustiger schrie er „Hü!“ und „Hott!“ An dem hatte der braune Mann seine helle Freude. Als es aber gegen Abend ging, da wurde auch Peter sehr müde und schwankte beständig hin und her. Das Mariele war schon längst, ungeachtet seiner ungewohnten Lage, eingeschlafen.

Da fiel Kathrine auf einmal die Ledertasche ein, die sie auf der Wirtin Rat in Hamburg noch hatte kaufen müssen. Und als die kleine Gesellschaft einmal wieder hielt und sie ein bißchen absteigen konnten, – o welche Wohltat waren diese Pausen! – da knüpfte sie den Pack mit Bettstücken und Teppichen, der rückwärts auf ihrem Pferde sich befand, auf und holte eine dieser Taschen hervor. Vielleicht konnte Peter, der sich vor Schlaf nun kaum mehr zu halten vermochte, auch auf diese Weise untergebracht werden. Und Juan verstand sofort, um was es sich handelte, und nickte sehr befriedigt mit dem Kopf. Mit großem Geschick befestigte er den Ledersack an seinem eigenen Pferde, und Peter, der kaum mehr wußte, was mit ihm geschah, ward hier hereingesteckt.

Nach ein paar Stunden Ritt – Kathrine war nun nachgerade in einem gänzlich teilnahmsolen Zustande, hielten die Pferde vor einer kleinen Hütte, – Rancho hieß sie der Führer. Ein paar noch braunere Gesellen als er nahmen die Pferde in Empfang, und innen, in einem dunklen Raum, fanden die gänzlich Erschöpften auf etlichen auf dem

Boden ausgebreiteten Teppichen kurze Ruhe für die Nacht. Schon beim Morgengrauen, nachdem ein Frühstück von Bananen und Reis eingenommen worden war, wobei Kathrine vergeblich um Milch für Mariele gebeten hatte, ging es weiter, genau in derselben Weise wie gestern, nur daß da noch Baumgruppen und hie und da noch angebautes Land zu sehen gewesen waren, was nun ganz aufhörte. Soweit das Auge reichte, war Ebene und kleines Hügelland, alles bewachsen, und sie fühlte sich auch schon ein klein wenig sicherer auf dem Pferde, obgleich ihr alle Knochen weh taten. Peterle saß wieder beim Veter, und Mariele hatte sich nun auch ein wenig an ihren eigenartigen Sitz gewöhnt. Und wenn sie auch immer wieder von Zeit zu Zeit bettelte: „Auf – Auf!“, so schaute sie im übrigen doch viel vergnügter in die Welt hinein.

Da und dort begegnete den Reisenden ein Trupp gleichfalls Reitender, oder sie sahen rechts und links Herden von Schafen, Rindvieh oder Pferden, so groß, daß Philipp des öfteren sagte: „Da könnte man ja das ganze Schwabenländle damit versehen!“

In großen Entfernungen gab es da und dort Hütten oder kleine Gehöfte, die so ganz anders aussahen, als die der Heimat.

Kathrine fragte immer wieder von neuem: „Gibt's denn gar keine Dörfer? Ach, kommen wir denn so weit weg von allen Menschen?“

Aber ihr brauner Begleiter konnte nicht antworten, denn er verstand die Fragen nicht. Noch einmal wurde wie am ersten Tage genächtigt, und hier gab's auch Milch, ganz frisch gemolkene, – ach gottlob! – denn das Kind fing an, doch recht matt zu werden, und das laute Schreien hatte es schon ganz verlernt, es weinte meist nur still vor sich hin.

Als der dritte Tag anbrach, hatte Kathrine des öfteren das Gefühl: Jetzt kann ich aber nicht mehr! Sagen tat sie aber nichts, was hätte es auch genützt? Und fast gerade so ging es Philipp. Wenn ihm auch das lange Reiten weniger ausmachte, so überkam ihn doch auch immer mehr der Gedanke: So weit, so weit! Das hätte ich nicht gedacht! Und den braunen Mann, der so gleichmütig und frisch wie am ersten Tage auf seinem Pferde saß, konnte man ja nicht einmal fragen ob es denn noch lange so fort gehe.

Aber nun, gegen Mittag des dritten Tages, kam Leben in den Begleiter. Manchmal erhob er sich in seinem Sattel, legte die Hand vor die Augen und sah sich nach irgend etwas in der Ferne um. Dann folgten nacheinander etwas größere Hütten am Wege. Daß es immerhin ein Weg war, kam Philipp erst nach längerer Zeit zum Bewußtsein. Ein paarmal begegneten sie auch Männern zu Pferde, die Gewehre umhängen hatten und offenbar irgendeinem Wild nachgingen.

Und nun, es mochte etwa drei Uhr nachmittags sein, da machte ihr Begleiter lebhafte Bewegungen, nachdem er wieder scharf ausgeschaut hatte. Er lachte mit dem ganzen Gesicht und wies mit der Hand nach der Ferne. „Don José, Don José!“ rief er den neben ihm Reitenden zu, und dann welschte er lebhaft in seinen unverständlichen Lauten. Aber die beiden glaubten doch zu verstehen, daß das Ziel ihrer Reise nun heranrückte.

Und richtig, ganz hinten am Horizont sahen sie eine längere Reihe von niederen Gebäuden, und nun, nicht mehr sehr weit von ihnen entfernt, erschien ein Reiter, der etwas zivilisierter angezogen war als Juan und statt des im Lande üblichen großen Filzhutes einen breitkrämpigen Strohhut trug. Der Reiter fing an zu traben, als er der kleinen Truppe ansichtig wurde, und dann machte er Zeichen, und dann schwenkte er den Hut, und dann parierte er das Pferd dicht vor ihnen.

„Buenos dias, – buenos dias!" rief er mit kräftiger Stimme. Als ihm die beiden aber mit einem schüchternen „Grüß Gott!" antworteten, da sagte er erwidernd auch: „Grüß Gott! Das ist etwas, was ich schon lange nicht mehr gehört und gesagt habe!"

Es war der Onkel Joseph, der ihnen hier entgegengeritten kam und ihnen sagte, daß sie nur noch etwa zehn Minuten bis zum Ziele hätten.

„Werdet froh sein, was? Das ist kein Spaß, nicht wahr, kleine Frau, so lange im Sattel zu sein, wenn man's nicht gewöhnt war? Und wie haben's denn die Kinder durchgemacht, wie ? – Was, noch so ein ganz Kleines? Eins, zwei, ... ja, wo ist denn das Dritte, das Mädel? Ihr habt doch noch eine Vierzehnjährige?"

Als Philipp und Kathrine ihm in Kürze mitteilten, wie es gekommen, daß sie das Hannele zu Hause gelassen hatten, da verfinsterte sich das Gesicht des Onkels, und er sagte: „Donnerwetter, das wird meine Mädels nicht freuen. Gerade auf sie haben die drei Frauenzimmer gerechnet!"

Philipp entschuldigte sich, daß er es nicht mehr geschrieben, es sei eben alles so furchtbar schnell gegangen, und er werde dem Onkel pflichtbewußt, sowie sie angekommen seien, das für das Hannele geschickte Reisegeld wieder herausbezahlen.

„Das wäre das Wenigste“, meinte der Onkel kurz. Hanneles Nichtmitkommen schien ihn zu verstimmen.

Aber nun kam die Estancia immer näher. Als der Onkel eine kleine Pfeife hervorgezogen und einen lauten Pfiff hatte ertönen lassen, da stürzten aus den Ställen ein paar halberwachsene Burschen und Männer heraus – sie sahen alle etwa so aus wie Juan. Aus dem Hause aber kamen Christina und Isabella, zwar etwas zögernd, aber doch sichtlich neugierig, während ihre Mutter, Donna Elvira, würdevoll unter der Haustüre stehen blieb. Sie hatte die gelbliche Morgenjacke mit einer hellblau seidenen vertauscht, die aber auch schon ihre erste Frische eingebüßt hatte.

Und nun halfen Onkel Joseph und die herbeigeeilten Männer den Angekommenen von ihren Pferden. Philipp setzte seinen Stolz darein und kam noch auf regelrechte kavalleristische Art herunter, obgleich er an allen Knochen steif war. Kathrine aber mußte man vom Pferde heben und auf den Boden stellen, und auch da hatte sie kaum noch die Kraft, sich aufrecht zu halten. Alles an ihr zitterte und bebte, und das nicht nur wegen der körperlichen Anstrengung. Mit aller Macht nahm sie sich aber nun zusammen, es war ja schrecklich, die Leute sollten doch nicht glauben, daß sie ein so elendes, schwaches Geschöpf sei. Das Mariele auf dem Arm, während Philipp den ganz verschüchterten Peter an der Hand führte, überschritten sie die Schwelle der so oft von ihnen im Geiste aufgesuchten Estancia.

Als Kathrine Donna Elvira erblickte, sah sie fragend zum Onkel empor: „Ist das die Base?“ Und dann streckte sie ihr treuherzig die Hand entgegen. Diese schlug ein, aber in ihrem ganzen Wesen war doch eine große Zurückhaltung, obschon sie gleich darauf mit einer großartigen Handbewegung die Angekommenen aufforderte, sich an den Tisch zu setzen. „Wollen Sie essen? Und sie bot Philipp und Kathrine Früchte und Gebackenes an, während Isabella den Tee einschenkte.

Christina aber, ihren Hund Pischa auch hier beständig an der Seite, fragte plötzlich wie der Vater: „Wo ist denn die Hanna?“

Als Philipp und Kathrine, die sich schrecklich beengt fühlten und trotz ihres Hungers kaum zu essen vermochten, auch hier auseinandersetzten, warum sie ihre Älteste zu Hause gelassen, da war im ersten Augenblick eine peinliche Stille. Dann aber, als Onkel Joseph seiner Frau, die nicht alles verstanden, die Sache klargemacht hatte, rief diese mit erschreckender Leidenschaft: „Ja, das darf doch nicht sein! Gerade das Mädchen sollte doch kommen und mir helfen, mir und meinen Töchtern!“

Auch diese machten ganz verdutzte und gar keine lieben Gesichter, und Christina schmollte: „Du hast doch gesagt, Papa, daß, wenn diese Hanna käme, wir nicht mehr so viel im Haushalt schaffen müßten!“

Isabella aber warf einen schiefen Blick auf Peter und Mariele und sagte dann Spanisch zu ihrer Mutter: „Hätten sie doch lieber diese kleinen, unnützigen Dinger zu Hause gelassen! Bambinis haben wir wahrlich genug hier bei den Leuten!“

Daraufhin entspann sich ein sehr lebhaftes Hin und Her zwischen Onkel Joseph und seiner Frau, in das sich auch immer wieder die Töchter mischten, alles in der fremden Sprache. Aber so viel entnahmen Philipp und seine Frau doch, daß der Onkel und die Tante böse seien. Sie entschuldigten sich deshalb noch einmal recht und sagten: „Wir werden gewiß beide unser möglichstes tun, und der Onkel wird gewiß, wenn er nur am Anfang ein wenig Geduld mit uns haben wird, nachher mit unseren Leistungen zufrieden sein.“

ACHTES KAPITEL

„Ist das das neue Heim?“ – Wie Juan Schüsseln, Teller und Messer verschafft. – Kathrine bringt kein Feuer zustande. – Was Mapucha zu „Grüß Gott“ sagt. – Peterle unter den kleinen Indianern, und wie der Sonntagsstaat der Familie Werner wirkt.

Und nun wurden die Angekommenen in ihr neues Heim geführt, in ein kleines, hinter den Ställen angebautes Haus, – oder war es mehr eine Scheune, oder eine Hütte oder was sonst? Das fragte sich Kathrine mit bangem Herzen, als sie des auf ebener Erde aufgestellten, mangelhaft zusammengefügten Gebäudes ansichtig wurde, das so gar keine Ähnlichkeit auch nur mit der einfachsten Behausung in der Heimat hatte.

Onkel Joseph sagte: „Es wird euch so gehen wir mir einstens, daß ihr euch erst an diese Art von Wohnung gewöhnen müßt. Aber ihr seid noch tausendmal besser daran als ich einst, der monatelang unter freiem Himmel wohnte und schlief, bis ich mir selber vier Wände und ein Dach gezimmert hatte. Aller Anfang ist schwer; mit der Zeit könnt ihr es euch dann schon behaglicher und heimischer machen. Jetzt packt aus und schaut euch ein bißchen um, und dann kommt um sieben Uhr zum Nachtessen herüber. Heute und morgen seid ihr noch unsere Gäste, und dann wird Base Kathrine ja wohl selber kochen."

Der Onkel war gegangen, und Kathrine hatte sich inzwischen in den zwei Räumen, einem großen und einem kleinen, ängstlich umgesehen. Infolge der Wände aus braun gebeiztem Holz war's in den beiden Zimmern ziemlich dunkel. Ein Fenster mit Glasscheiben gab es nur in der größeren Stube, die kleinere hatte bloß ein paar Luftlöcher oben unter dem Dach. Ein Tisch, eine rohgezimmerte Bank und ein paar Gestelle an der Wand nebst etlichen Nägeln, wohl zum Aufhängen der Kleider, waren vorhanden. Vergeblich suchte Kathrine nach irgend etwas, was einer Bettstatt ähnlich sah, und nach Stühlen. Und was noch ärger war, vergeblich sah sie sich nach einer Küche um. Ihr Erstes war, daß sie mit gepreßter Stimme zu Philipp sagte: „Ja, um des Himmels willen, wo soll ich denn da kochen?"

Juan, der ihnen nun schon wie ein alter Freund vorkam, ging eben vorbei, und Philipp, der in der Zeichensprache es jetzt auch schon weiter gebracht hatte, versuchte, ihm

Kathrines Frage mitzuteilen.

Der Halbindianer – denn ein solcher war er – verstand sofort und zeigte den beiden den herdartigen Ofen in der größeren Stube. Er machte die Zeichen des Rührens und des Backens und zeigte auch auf einen kleinen Vorrat Holz, der in einer Ecke lag. Als aber Philipp sich vergebens nach einem Kamin umsah, da lachte er und deutete nach den vielen Ritzen und Löchern, die sich in der Wand und an der Decke befanden, und durch ein deutliches Blasen mit dem Mund machte er klar, wo der Rauch hinauszuziehen habe. Ganz trostlos erschien Kathrine nicht nur dies, sondern das ganze düstere, trübe Unwirtliche ihrer zukünftigen Behausung. Als Philipp dem Juan auch noch endlich die Frage verdeutlichen konnte, wie und wo sie schlafen könnten, da machte dieser flink die Riemen der mitgebrachten Bündel, Kisten und Koffer auf, entnahm mit scharfem Auge dem größten davon die mitgebrachten Wollteppiche und legte diese auf den Boden in der kleinen Stube. „Hier", sagte er triumphierend und blickte stolz auf sein Werk hernieder.

„Hier auf dem bloßen Boden, auf dem Lehmboden, der nicht einmal so fest ist wie unsere Tenne daheim, auf dem sollen wir schlafen?" sagte Kathrine entsetzt. Aber nun verstand sie auch, warum die Wirtin in Hamburg ihr so dringend geraten hatte, recht viele wollene Teppiche zu kaufen. Da brauchte man freilich mehr als einen für jede Person.

Philipp griffen diese kleinen Nebensächlichkeiten aber weniger an. „Das haben wir doch gewußt, daß man ganz klein anfangen muß, und sei du nur getrost, in kurzem zimmere ich ein paar Bettladen, Stühle und einen Schrank, und nach und nach soll's schon nett bei uns werden. Die drüben haben's ja furchtbar fein und haben auch nicht anders angefangen. so ist's eben einmal in Amerika!"

Ja freilich, die drüben hatten es fein, und in der Stille grollend sagte Kathrine: „An deren Stelle hätte ich den Verwandten ihr neues Heim auch ein bißchen eingerichtet!" Aber die Tante war eben keine Deutsche und dachte wohl an so etwas nicht.

Mariele war inzwischen auf ihrem Arm eingeschlafen. Was sollte sie nun machen? – Sie legte es eben auf einen der Teppiche auf den Boden und wickelte es gut ein. Peter war mit dem Vater hinausgegangen, sie wollten sich einmal die Ställe ansehen, und Kathrine, deren Füße nun wieder mehr gehorchten und fester standen, fing an auszupacken, aber wo mit den Sachen hin? Ihre Sachen, die sie doch so gut und sauber und teilweise neu von drüben mit herübergebracht hatte! Da waren wohl die Nägel, und sie hängte seufzend ihre guten Kleider hier auf. Aber wo mit der Wäsche und sonst noch manch Liebem und Nützlichem, das sie mitgebracht hatte, hin? Sie sah bald ein, daß das einfach alles im Koffer und in den Kisten bleiben mußte. Nur die mitgebrachten Bilder ihrer Lieben von daheim, – ach, wie war es ihr zumute, als sie diese auspackte! – die stellte sie auf das Brett über dem Tisch und legte daneben ihre Bibel und ihr Gesangbuch. Wo aber kriegte sie um alles in der Welt nur das allernötigste Geschirr zum Kochen her? Da wußte Juan, der gutmütig immer wieder von Zeit zu Zeit den Kopf hereinstreckte, auch Rat. Er lief einfach hinüber in die Küche von drüben und sagte Donna Elvira, die eben dort am

Herde stand – jetzt wieder in der gelben Jacke, die noch ein paar Spritzer mehr hatte als vorher, – und die Früchte einkochte: „die Señora braucht ein paar Töpfe, Teller und Messer!"

Wenn auch sichtlich nicht gerne, gab die Dame dann doch aus einem Geschirrvorrat, den sie nebenan hatte, das Nötigste heraus. Schlimm war sie ja nicht, die Donna Elvira, und eigentlich hätte sie selber an so etwas denken können. Aber das Denken gerade war nicht ihre Sache.

Gleich darauf schleppte Juan einen Korb mit dem Nötigsten hinüber und grinste mit dem ganzen Gesicht, als er die Freude der jungen Frau sah. Freilich an ihre nett eingerichtete Küche in Wiesental durfte sie nicht annähernd denken, ohne daß es ihr heiß aufstieg. Aber nun war doch das Allernötigste vorhanden, denn sehr oft drüben bei den Verwandten zu Gast zu sein, das hatte sie sich schon vorgenommen, das wollte sie nicht. Erfinderisch drehte sie eine der leeren Kisten nach vorne, rückte sie nach dem Ofen, und so hatte sie einen Tisch und einen Raum, wo sie das Geschirr den Tag über wenigstens hineinschieben konnte. Als Philipp mit Peter zurückkam sah es verhältnismäßig schon viel wohnlicher aus, und er und der Kleine konnten gar nicht genug erzählen von den vielen Pferden und dem vielen Vieh, das sie gesehen.

Dann wurde drüben gegessen. Jetzt stellte sich bei den Angekommenen doch auch ein tüchtiger Hunger ein, was die Tante freute, denn sie tat sich etwas zugut auf ihre Kochkunst. Peter, der neben Isabella saß, erregte deren Mißfallen, weil er mit den großen Messern und Gabeln nicht zurechtkommen konnte und schließlich einfach ohne dieselben mit den Fingerlein sich behalf. Bei Jocko, ihrem Affen, mißfiel ihr ja so etwas nicht, aber bei diesem Jungen da war es ihr unangenehm. Sie rückte ängstlich von ihm weg, aus Besorgnis, ihr weißes Kleid könnte irgendeinen Fleck bekommen. Christina, die neben Kathrine saß, musterte abfällig beständig deren einfaches, von der Reise höchst mitgenommenes Kleid, und der Gedanke, diese gar nicht vornehme Frau allen Verwandten vorstellen zu müssen, wenn an den Sonntagen sie und die Nachbarn aus den am nächsten gelegenen Estancien kamen, oder gar an Festtagen die Gäste von der entfernter gelegenen Stadt, so war ihr das im höchsten Grade unangenehm. Wohl hatte Vater erst vorhin gesagt, sie dürften nie vergessen, daß auch er und Mutter genau so angefangen hatten, wie es jetzt die Verwandten aus Deutschland müßten. Aber das war nun schon lange anders, Vater war reich geworden, und Mutter und sie konnten etwas vom Leben erwarten.

Nach dem Essen bat Kathrine, gleich hinübergehen zu dürfen. Es war ihr bange, daß Mariele in dem ihr fremden Raum aufwachen könne, und auch Philipp verabschiedete sich für heute. Sie waren beide noch todmüde. Kurz darauf, nachdem sie noch in einem von Juan geliehenen Kübel am nahegelegenen Brunnen Wasser geholt und sich gründlich vom Staub der Reise gereinigt hatten, wickelten sie sich in Gottes Namen in ihre Teppiche, und bald darauf schliefen sie, auf dem harten Boden liegend, trotzdem fest ein, – Kathrine mit noch gefalteten Händen und den Worten auf den Lippen: „Wir haben Gott zu danken, Philipp, daß er uns gesund bis hierher geführt hat.“ Dann aber waren ihr darüber die Augen zugefallen.

Des Morgens in aller Frühe wachte Philipp auf an Pferdegetrappel und lauten, fremden Rufen. Das war ja gerade wie einstens in der Kaserne, wenn die Schwadron ausrückte und die Pferde aus dem Stall kamen. Was wohl da draußen geschah? Was geschah überhaupt den Tag über? Was war wohl künftig seine Arbeit? Wie drückend war's, von all dem noch gar keinen Begriff zu haben! Jedenfalls galt's einmal aufzustehen, und er weckte seine noch fest schlafende Frau. Erschreckt fuhr diese in die Höhe; sie hatte eben geträumt, daß die Bläß im Stall unruhig sei, und hatte der Mutter Stimme von oben herunter vernommen: „Geh hinaus, bind sie fest! Sie hat sich scheint's losgerissen.“ Nun schaute sie mit ganz dummen, großen Augen um sich und in die fremde Umgebung, bis ihr plötzlich klar wurde, wo sie eigentlich war. Philipp sagte: „Was meinst, wir wollen aufstehen?“

Sie wickelten sich aus ihren Teppichen; ein eigentliches Aufstehen gab es ja nicht, denn man lag ja in keinem Bett. Ach, wie ärmlich und erbärmlich sah das bei Morgenlicht sich an!

Die Kinder schliefen noch weiter. Philipp war mit dem Eimer hinausgegangen und hatte Wasser geholt. Es sei ein Ziehbrunnen, kein laufender, und er gehe ziemlich schwer, hatte er berichtet. In dem Kübel wuschen sich die beiden, und dann sagte Philipp: „Ich will sehen, wo ich Milch herbekomme, und dann kochst du das Frühstück. Ich meine, 's ist besser, wir trinken's da, als wenn wir gleich morgens hinüber müßten zu den andern.“

Bald darauf kam er mit einem Topf Milch zurück, den ihm Juan verschafft hatte, und Kathrine wollte Feuer machen, was ihr aber lange nicht gelang. Der Herd war so ganz anders als daheim, und ein beißender Rauch verbreitete sich im ganzen Raum und fand schließlich seinen Ausgang durch die Ritzen. „Wenn es nur etwas heller wäre!" seufzte Kathrine vor sich hin. Die Kinder waren inzwischen aufgewacht, und nachdem auch sie so gut als möglich gewaschen und gekämmt worden waren, saß nun die Familie um den Tisch und trank die Milch. Brot hatten sie für heute noch nicht.

Peter sagte: „Reiten wir heut wieder weiter, Vaterle, immer, immer fort, bis dahin, wo die Welt aufhört?"

Der Bub hatte ganz den Maßstab eines seßhaften Lebens verloren. Mariele saß auf Mutters Schoß und trank ihre Flasche.

„Noch das einzige Geschirr von daheim", sagte Kathrine und fuhr mit der Hand wie liebkosend darüber. Dazwischen hinein rieb sich die Kleine ihre Äuglein mit den Fäustchen und sagte: „Weh, weh!" Der Rauch schmerzte sie. Doch was nun?

Da ging die Türe auf, und Onkel Joseph trat herein. Auch er hielt sich unter der Türe einen Augenblick die Hand vor Augen und sagte pustend: „Caramba! ... Donnerwetter! ... Was habt ihr für einen häßlichen Rauch!"

Dann aber, mit einem herzlichen „Guten Morgen! Gut geschlafen?" hatte er den Neuangekommenen die Hand entgegengestreckt, und nun schaute er sich vergebens nach einem Stuhl um. Kathrine stand schnell auf und wollte ihm auf der Bank Platz machen, aber der Onkel winkte ab, und eine Kiste herschiebend, setzte er sich darauf.

„Werdet manches noch entbehren, aber das schafft sich alles mit der Zeit! Bist ja nicht umsonst ein Schreiner, Philipp“, fügte er freundlich hinzu. Und indem er dem Peterle unter das Kinn griff und dem Mariele einen Augenblick wohlwollend zusah, wie es sich's schmecken ließ, sagte er: „Erstens müßt ihr lernen, Feuer zu machen, ohne daß es raucht. Man kann's, – man muß nur einige Vorteile loshaben. Und dann zweitens wollen wir, wenn's euch recht ist, nun einmal miteinander besprechen, weswegen ich euch habe herüberkommen lassen.“

Philipp stimmte dem lebhaft bei, – endlich sollte er das Wichtigste erfahren.

Nun begann Onkel Joseph den beiden die hiesigen Verhältnisse zu schildern. „Wir brauchen hier vor allem Menschen, die nicht nur eine Sache können, sondern die sich von Anfang an sagen: Hier gibt's keine Handwerker, darum muß ich mir in allem selber zu helfen wissen!“

Philipp nickte freudig mit dem Kopf. Das hatte für ihn nichts Abschreckendes, das behagte ihm im Gegenteil, denn er war von Haus aus ein richtiger Bastler und hätte recht gern oft auch etwas anderes geschafft als nur das, was in sein Handwerk gehörte.

Der Onkel sagte weiter: „ Damit ihr euch von Anfang an behelfen lernt, hab' ich's euch nicht bequem gemacht, und ihr sollt euch auch so zurechtfinden und eure Sachen euch selber zurechtmachen, wie ich's einstens getan. Wenn ihr seht, daß wir's jetzt anders haben, so soll es euch ein Sporn sein, daß ihr auch danach trachtet, es einmal besser zu bekommen. Ein jeder muß hier selber für sich sorgen. Ich werde euch, wie ich schon geschrieben habe, für den Anfang einen bestimmten Lohn aussetzen, dafür habt ihr uns zu helfen, Philipp auf dem Kamp und bei dem Vieh, Kathrine meiner Frau im Hause. Für Nahrungsmittel werdet ihr hier nicht viel auszugeben haben. Fleisch gibt's immer in Hülle und Fülle und Gemüse desgleichen im Garten. Kathrine soll auch dort helfen lernen und ihn womöglich nach und nach ganz übernehmen. Ich möchte meine Frau erleichtern. Daß ihr das Mädel nicht mitgebracht habt, ist mir unangenehm wegen meiner Töchter. So was Frisches, Deutsches hätte den faulen Mädels gutgetan."

Kathrine, der diese Enttäuschung der Verwandten von neuem leid tat, sagte: „Es ist mir schrecklich, daß wir's nicht mehr geschrieben haben. Ich seh's jetzt ein, daß wir das doch hätten tun sollen!"

Philipp aber fügte, immerhin etwas zaghaft, bei: „Wenn's dem Onkel recht ist, so können wir das Mädle ja in einiger Zeit nachkommen lassen, wir haben's ihr so halb und halb versprochen, nur wollten wir der Großmutter nicht alles auf einmal nehmen. So nach und nach wird sie sich dann schon auch an das Alleinsein gewöhnen."

Der Gedanke hieran gab Kathrine immer eine Stich ins Herz. Denn gerade das letztere konnte sie sich nie ausdenken, schon deshalb nicht, weil die Großmutter immer älter wurde. Sie erschrak darum fast, als der Onkel erfreut sagte: „Nun, das ist recht, und je bälder, desto lieber!"

In diesem Augenblick streckte Isabella den Kopf zur

Türe herein, und Peter drückte sich ganz erschrocken in der Mutter Rockfalten ob des Tieres, das, so unheimlich die Zähne fletschend, auf Isabellas Schulter saß.

Der Vater rief: „Bleib lieber draußen! Ich komme sofort, und wir können dann dem Vetter gleich die Ställe zeigen."

Indem erschien auch Christina und richtete aus, daß Base Kathrine mit den Kindern zur Mutter kommen möchte.

Frau Elvira saß in ihrem Küchenvorraum und enthüllte kleine grüne Erbsen. Sie nahm es nicht übel auf, als Kathrine sofort fragte: „Darf ich vielleicht helfen? Das kann ich gut!"

Kopfnickend schob Frau Elvira ihr einen Stuhl hin, und Kathrine mit dem Mariele auf dem Arm machte sich sofort mit flinken Händen an die Arbeit. Ihr war ganz wohl, daß sie etwas tun konnte. Nur war's ihr unbehaglich, daß Peter nicht bei ihr sitzen blieb, sondern sofort herumlief und mit neugierigen Augen all die fremden Dinge musterte. Sie hatte Angst, er könne irgend etwas anrühren oder zerbrechen. Dies schien auch Donna Elvira zu befürchten, denn sie sagte Christina ein paar Worte auf Spanisch, und diese, die gleich der Schwester ziemlich ordentlich Deutsch sprechen konnte, verdeutschte Kathrine: „Die Mutter sagt, man könnte den Kleinen zu den andern Kindern auf dem Kamp tun, er würde sich wohl bald an sie gewöhnen."

Etwas ängstlich sah Kathrine drein, denn sie wußte doch gar nicht, wer und wo diese Kinder seien. Aber Christina nahm einfach das Büblein bei der Hand und sagte, nicht eben unfreundlich: „Komm mit, ich zeig' dir etwas!" – Das war für Peter verlockend, und willig ließ er sich fortführen.

Frau Elvira aber, die sich mit ihrem schlechten Deutsch stets etwas vor ihren Töchtern genierte, sprach nun in einer Flut von spanischen und deutschen Wörtern auf die möglichst fleißig arbeitende Kathrine ein, die alle darin gipfelten, daß sie furchtbar im Leben geschafft habe, daß alle Menschen schaffen müßten, daß sie sich jetzt aber einfach nicht mehr so plagen wolle, wo José Glück gehabt und viel Geld verdient habe, und daß sie der Base Kathrine nun alles zeigen wolle, was zu tun sei für sie und ihre Töchter.

Als die begonnene Arbiet vollendet war, führte Frau Elvira Kathrine durchs ganze Haus und in die Küche. Dort kauerte in einer Ecke auf einem Schemel ein braunes Weib mit breiter Nase und faltigem Gesicht, das aus einer kurzen Pfeife rauchte.

„Das ist die Mapucha, die mir schon lange Jahre in der Küche hilft. Ihre ganze Familie, Kinder und Enkel, sind auf der Estancia beschäftigt. diese Indianer sind zu mancherlei zu gebrauchen, aber nie zuverlässig."

Mit großem Interesse betrachtete Kathrine die alte Frau, die erste Indianerin, die sie sah, und ihr fielen allerlei Geschichten ein von Indianerlagern und Häuptlingen, die in den Büchern vorkamen, die der Großvater ihr einst aus seiner Schulbücherei geliehen.

Mapucha erhob sich ein klein wenig von ihrem Sitz und schielte mit schiefem Blick die Eingetretene an; war's doch die neu angekommene Weiße, für die Juan gestern abend nur so ohne weiteres ihre Geschirrkammer geplündert, und hatte ihr doch Donna Elvira schon gesagt, daß eine Deutsche kommen solle und künftig helfen werde, und mit großem Mißtrauen sah sie dieser Hilfe entgegen.

Treuherzig streckte Kathrine ihr die Hand hin und sagte: „Grüß Gott!“, ein Gruß, der aber nur mit einem kurzen Murren erwidert wurde und mit einem umso tieferen Zug aus der Pfeife.

Nach dem Hause ging es in den Garten, der Kathrine einen Ruf des Erstaunens um den andern entlockte. Wie war der doch ganz anders als ihr Gärtle daheim! Da waren ja lauter Pflanzen, die ganz anders aussahen, und die man gar nicht kannte. Ganz angst wurde ihr bei dem Gedankken, das alles kennenlernen zu müssen. Wie vielerlei Namen welschte die fremde Frau neben ihr hier durcheinander, so daß es Kathrine ordentlich wirr im Kopf wurde. Eine wahr Erlösung war es für sie, als sie weiter unten eine Reihe Apfelbäume entdeckte und auf der andern Seite eine Reihe großer Erdbeerpflanzen, deren Früchte, o Wunder, jetzt im Spätherbst, beinahe reif waren. Kathrine vergaß immer wieder von neuem, daß die Jahreszeiten hier ja gerade umgekehrt als in Europa waren, und daß man nun gegen Weihnachten dem Sommer entgegenging.

An einer Bretterwand hinauf, am Schluß des Gartens wuchsen auch viele Tomaten, die bereits anfingen sich rötlich zu färben. Donna Elvira belustigte sich sichtlich über Kathrinens Freude an den ihr bekannten Gewächsen, und um einen guten Teil freundlicher als vorher ging sie mit ihr wieder zurück.

Nun warf auch sie einen kurzen Blick in die Behausung der Verwandten ihres Mannes. „Hier haben wir selber angefangen, als wir waren noch jung, – puh! Möchte nicht mehr zurück. Aber wenn man ist jung, man muß sich nicht verwöhnen!" fügte sie mit einer hoheitsvollen Miene hinzu und ging dann ihrem Hause zu, Kathrine noch fragend, daß sie zum Mittagessen drüben erwartet würden.

Hoch erfreut war diese aber, als kurz darauf Juan mit zwei hockerartigen Holzstühlen und etlichen keilförmigen, mit Baumwolle gefüllten Kopfpolstern herüberkam, die er mit Hilfe von Donna Elviras Jungfer, gleichfalls einer Eingeborenen, in einer Fremdenkammer aufgestöbert hatte. Nun war doch dem allerdringendsten Bedürfnis abgeholfen.

Mariele war die ganze Zeit über vergnügt und lieb auf Mutters Arm geblieben. Es war ihr sichtlich so wohl, nicht mehr in der schlimmen Ledertasche eingebunden zu sein und ihre Beinchen wieder nach herzenslust bewegen zu dürfen. Leid, fast weh tat es Kathrine, daß die Frau des Onkels allem Anscheine nach gar keine Freude an Kindern hatte. Sie sah ja ordentlich über das Mariele hinweg, und noch kein freundliches Wörtchen hatte sie ihm gegeben, wo's doch mit seinen hellen Löckchen und den roten Bäcklein wirklich herzig aussah.

Wo war nun aber der Peter? Kathrine war's doch recht unbehaglich zumute, das nicht zu wissen, und sie machte sich auf den Weg, ihn zu suchen. Überhaupt wollte sie nun auch einmal wissen, wo sie war, und die nächste Umgebung kennenlernen.

Schön und anmutend sah es da draußen, abgesehen vom Garten, nicht aus. Hinten und vorne an den Ställen und Gebäuden waren große, wohl von den Hufen der Pferde gestampfte Plätze, hinter denen dann gleich wieder die ihr nun schon zur Genüge bekannte Pampa anfing. Nirgends ein Zaun, nirgends außer in dem Garten ein Baum, hier und da ein Strauch mit kleinen roten Beeren. Das war das einzige Freundliche, was sich dem Auge bot. Kathrine durfte nicht anfangen, mit deutschen oder gar schwäbischen Dörfern zu vergleichen, wo alles so farbig bunt und freundlich im Grünen und an der Sonne dalag. Die Sonne schien ja wohl auch hier vom Himmel, recht warm sogar, aber man hatte nirgends einen Schutz vor ihr. Unwillkürlich trat sie unter die geöffnete Türe einer etwas größeren Hütte, als die ihrige war, aus der Kindergeschrei ertönte. Und nun erkannte sie auch Peterles Stimme. Was der nur treiben mochte? Sie trat ein und mußte nun erst ihre Augen wieder an das Dämmerlicht in dem Raume gewöhnen. Dann aber sah sie ein ganzes Rudel von Kindern in jedem Alter, lauter braune, zigeunerartige Wesen, und mitten unter ihnen den Peter, der sich gleich ihnen am Boden wälzte und mit den kleinen Schweinchen spielte, die zwischendrin herumkugelten. Die Kinder waren halb nackt, hatten alle verwirrtes Haar, und als sie Kathrine erblickten, flogen ängstliche Blicke zu ihr hinüber. Hierauf fingen sie plötzlich an laut zu schreien und flüchteten sich in das Innere der Behausung. Ein paar weibliche Wesen, jüngere und ältere, kamen dann hervor und betrachteten die Eintretende neugierig. Kathrine begrüßte sie freundlich, und die Frauen erwiderten den Gruß nicht unfreundlich, aber mit gehaltenen Gebärden und sagten etwas in ihrer Sprache; Kathrine aber dankte, was auch wieder nicht verstanden wurde, und nahm den widerstrebenden Peter mit sich. Wie sollte das nur künftig werden? In dieser rothäutigen, schmutzigen Gesellschaft konnte sie doch ihr Kind nicht aufwachsen lassen!

Zum Mittagessen machte Kathrine sich und die Kinder schön, daß die Verwandten doch sehen sollten, daß sie auch was Rechtes bei sich hätten. Sie selber zog ihr schwarzes Sonntagskleid an und steckte die Brosche mit der Photographie vom seligen Vater vor. Der Peter bekam eine frische, weiß und blaue Bluse mit steif gestärktem Kragen, und das Mariele war wirklich ganz herzig in einem himmelblau wollenen Kleidchen, dem Abschiedsgeschenk der Frau Lehrer, Auch Philipp hatte ein frisches Hemd, eine bunte Krawatte und seinen Sonntagsanzug angelegt, und so zogen sie, als der Gong drüben angeschlagen ward, hinüber.

Donna Elvira und ihre Töchter blickten schließlich erstaunt, bei näherer Prüfung fast ein wenig spöttisch, auf die Eintretenden. Sie selber waren heute in großem Staat. Donna Elvira hatte ein rotseidenes Kleid an, und die beiden Mädchen waren in Weiß mit bunten Schärpen. Es war Besuch angesagt von einer ferner gelegenen Estancia, darum war auch der Tisch größer als gestern. Etwas verschüchtert stand Kathrine neben den vornehmen Verwandten, als draußen Pferdegetrappel ertönte und Onkel Joseph mit seiner Familie hinauseilte zum Empfang der Gäste. Kathrine hatte vorher gerade noch gehört, wie Isabella zu Christina sagte: „Wenn wir sie nur nicht als unsere Verwandten vorstellen müßten!“

Also schämen taten sie sich ihrer! Und Onkel Joseph war doch auch einmal als ganz einfacher, armer Mensch aus

Deutschland herübergekommen, und seine Frau war auch nichts anderes als die Tochter eines Einwanderers. Nur daß sie spanisch war und jetzt Geld und schöne Kleider hatte!

Mir recht bitteren Gefühlen stand Kathrine mit ihren Kindern da, und auch Philipp war's nicht behaglich zumute, als eine ganze Gesellschaft lachender, schwatzender und hoch aufgeputzter Gäste hereintrat. Onkel Joseph wollte seine Verwandten noch vorstellen, aber Juan und Carmen, das Mädchen, trugen schon das Essen herein, und man setzte sich, ohne bekannt geworden zu sein.

Philipp und die Seinen saßen unten am Tisch beisammen neben den Hausleuten, und am andern Ende saßen die Gäste, die sich in der fremden Sprache außerordentlich lebhaft und lustig unterhielten. So war's Kathrine ganz recht; sie mußte ja auch das Mariele füttern und auf den Buben achten, der noch gar kein feines Benehmen bei Tisch hatte. Nach dem Tisch beabsichtigte sie auch, Philipp zu bitten, gleich mit ihnen wieder hinüber zu gehen, was diesem gewiß recht war, denn auch er fühlte, daß sie ja nicht herein paßten. Aber Onkel Joseph wollte das nicht und stellte seine Verwandten beim Kaffee regelrecht als Vetter und Base aus Schwaben vor. Etliche ältere Herren und Damen versuchten, mit den ihnen Fremden ein Gespräch anzufangen. Einige von ihnen konnten auch ein bißchen Deutsch. Aber ein paar junge Damen und Fräulein machten ihre Glossen über sie, das fühlte Kathrine ganz gut. Auch wenn sie die Worte nicht verstand, so entging ihr doch nicht der Sinn, daß sie über ihr schwarzes Kleid, das doch ganz neu und sogar modern von dem Sophiele gemacht worden war, spotteten. Freilich wußte sie nicht, daß man in südlichen Ländern eigentlich nie dunkel und in Wolle geht, ja daß dies sogar für unappetitlich gilt.

So bald wie möglich zupfte sie Philipp am Rock: „Wir wollen fort!“ Und auch dieser ging gern. Er stach gar so sehr ab von den Herren in den teilweise weißen Anzügen und feinen Röcken.

Daheim zog Kathrine sich und den Kindern wieder die Werktagskleider an – zum Schaffen waren sie doch gekommen, sagte sie sich in stillem Ingrimm. Wenn ihnen nur auch irgend jemand jetzt gesagt hätte, was sie tun sollten! Auch Philipp lief an diesem Nachmittag wie verloren herum. Nicht einmal Holz oder Bretter gab's, um ein paar Bänke oder ein Schränkchen zu machen. Solche Langeweile wie heute hatte er noch nie in seinem ganzen Leben gehabt. Gegen Abend aber, da war es ein merkwürdiges buntes und hübsches Bild, als die Gäste wieder wegritten, Damen und Herren, Kinder und Diener, eine große, bunte Gesellschaft, die da aufstieg unter Lachen und Scherzen, die ihre Pferde Kunststücke ausführen ließ und dann so mutig und furchtlos einen stundenlangen Ritt in die dunkle Heide hinaus antrat.

NEUNTES KAPITEL

Philipps Erfahrungen zu Pferde, und wie Kathrine schwäbische Spätzle macht. – Warum Jocko die Zähne fletscht und die alte Caupolikana zu Mariele geholt wird. – Weihnachten drüben und hüben.

Vom nächsten Tage an sollten aber die beiden nicht mehr über Langeweile zu klagen haben. Philipp in erster Linie bekam Aufgaben genug, wenn auch in ganz anderer Weise, als er sich gedacht hatte. Daß er einst Kavallerist gewesen, das wußte der Onkel, und daraufhin hatte er ihn ja auch unter anderem kommen lassen. Draußen auf der weiten Steppe, stundenweit, hatte der Onkel seine Herden, die immer unter freiem Himmel blieben, die nie in einen Stall kamen. Das fast immer gleiche Klima gestattet, die Tiere Winter und Sommer, Tag und Nacht im Freien zu lassen, wo sie sich sozusagen von selbst ernähren. Das dürre, aber hohe Riedgras ist ein vortreffliches Futter, und Quellen, Bäche und Flüsse wissen die Tiere alle mit sicherem Naturtrieb aufzufinden. Berittene Hirten wachen über die Herden, und Onkel Joseph machte Philipp mit einem dieser verwegenen, flinken Gesellen, Gauchos genannt, bekannt. Mit seinem braunen Antlitz, dem schwarzen, straffen Haar und dem zerknitterten Filzhut im Nacken, an den Stiefeln tellergroße silberne Radsporen, so sah er außerordentlich malerisch und keck aus. Dieser Gaucho hatte eine Anzahl Knechte und Arbeiter unter sich, Peone genannt, die das viele weidende Vieh zu beaufsichtigen hatten. Überall steht ihnen ein Aufseher oder Inspektor bei, und zu einem solchen Philipp einmal heranzubilden, das war des Onkels stiller Wunsch. Hatte er doch in den letzten Jahren mancherlei schlimme Erfahrungen gemacht und wollte es nun mit jemand Eigenem versuchen.

Dies alles setzte er Philipp bei ihrem ersten Ritt hinaus auf die Pampa auseinander, und diesem schwindelte, was er alles noch lernen müsse, um nur einigermaßen vorerst einmal Land und Leute kennenzulernen und die fremde Sprache und Art und die Behandlung von Menschen und Tieren. Wenn er nur, um beim Allernächsten stehen zu bleiben, sah, wie diese Kerle aufstiegen und droben saßen! Nicht einmal einen Sattel hatten sie, nur einen übergeschnallten Teppich. Und dann, wie furchtlos sie mitten unter die dichtesten Herden der in der Freiheit aufgewachsenen Tiere hineinritten! Philipp glaubte auch mutig zu sein, er glaubt auch, fest auf dem Pferd sitzen zu können, aber so mitten in einer Herde von wilden, ungezähmten Pferden, umtobt und gestoßen von scheuen, bockenden und durchgehenden Tieren, Meister seines eigenen Pferdes zu bleiben, das, nach deutschen Begriffen, auch gar nicht zugeritten war, – das ging doch über das Vergnügen!

Ein wunderschöner Anblick waren die weidenden Viehherden. Philipp mußte da unwillkürlich an die im engen Stall aufgewachsene und angebundene Bläß daheim denken, die ja aber von nichts anderem und Besseren wußte. Und dann die Hunderte und Aberhunderte von Schafen, viel größere und wolligere als die heimatlichen, – welche Schätze besaß der Onkel! Und jetzt ging Philipp erst ein Licht auf – wie reich mußte er sein! Aber als ob Don José die Gedanken seines Begleiters erriete, sagte er lächelnd: „Gelt, wenn ihr das da drüben hättet? Da könntet ihr euer halbes Ländle drum kaufen. Aber wir hier können die Tiere vorderhand noch nicht richtig verwerten. Das wird erst kommen, wenn wir einmal eine Eisenbahn haben."

Kathrine wurde inzwischen von Donna Elvira, die heute nichts weniger als schöne Kleider, sondern wieder einen alten, schlampigen Rock und eine Art Nachtjacke trug, in die Gartenarbeiten eingeführt. Daheim hatte Kathrine recht gerne gegärtelt, und sie und Philipp hatten auf Onkels Wunsch eine ganze Kiste voll heimischen Samen mitgebracht, der hier auf das Aufgehen hin probiert werden sollte. Darauf freute sich Kathrine sehr, aber auf das Arbeiten mit ein paar braunen Indianerweibern, die ihr zur Verfügung gestellt wurden, noch gar nicht. Denn vorerst wußten die ja viel mehr als sie, und Kathrine sollte doch auch mit der Zeit die Oberherrschaft hier bekommen. Ob sie kochen könne, fragte Donna Elvira. José verlange fortwährend nach schwäbischen Gerichten, könne aber nicht angeben, wie man seine Fädle, Spätzle, Maultaschen, und wie die schwierigen Sachen alle heißen, mache. Da konnte Kathrine nun aus frohem Herzen ja sagen und war glücklich, als sie in den nächsten Tagen beim Onkel zur Zufriedenheit Spätzle zu einer Art Kraut, freilich nicht dem echten schwäbischen Sauerkraut, zubereiten konnte.

Redlich, mit aller Kraft ihres Willens suchten die beiden sich in ihr neues Leben einzuarbeiten. Aber leicht war's für sie nicht. Das erste Erfordernis, das Lernen der Sprache, war das Allerschwerste, und ehe sie die nicht ein wenig inne hatten, konnten sie sich ja gar nicht mit den Leuten verständigen.

Was aber Kathrine täglich aufs neue schwer bedrückte, das waren die beiden Kinder. Die Indianerweiber hatten ihre Kleinen auf den Rücken oder vornüber in ein Tuch gebunden, immer, auch bei der Arbeit. Aber diese Behandlung wollte das Mariele sich durchaus nicht gefallen lassen, und Kathrine vermochte mit dem zappelnden Kinde auch gar nicht zu schaffen. Die Kleine fing jetzt an zu gehen. Dabei zahnte sie und war oft sehr ungnädiger Laune. Der Peter aber, der's einmal verspürt hatte, wollte durchaus beständig bei den braunen Kindern und den Schweinlein sein, und Kathrine hätte ihn doch so gerne von dort ferngehalten. Ach ja, wenn das Hannele mitgekommen wäre, was wäre ihr das für eine Hilfe und ein Trost gewesen! Sehnsüchtig malte sich Kathrine aus, wie es sein würde, wenn sie in ein paar Jahren ihre Älteste bekommen könnte. Erst vor ein paar Tagen hatte ihr die Mutter geschrieben, wie froh sie sei, ihre liebe Enkelin bei sich zu haben; das dürfe aber nie ein Hindernis sein, daß das Hannele hinüberkäme, wenn sie da drüben notwendig sein sollte. Die Mutter, ach die Mutter! Des Tags über, während der Arbeit, hatte man keine Zeit, an drüben zu denken. Aber an den Abenden und gar an den lange Sonntagen, da stieg das kleine Dörflein mit seinem Bach und seinen Wiesen, mit dem lieben, alten Haus und denen, die darin wohnten, gleich einer Fata Morgana vor Kathrinens Augen auf. Philipp durfte es nicht sehen, aber es wurde manche stille Träne auf dem harten nächtlichen Lager in dem dunklen Blockhäuslein geweint, besonders nach Briefen von daheim, die Kathrine nur nicht oft genug eintrafen.

Heute – es mochte nun Mitte Dezember sein – war ein besonders harter Tag gewesen. Donna Elvira war sehr heftig geworden, weil Mapucha zu ihr gekommen war und ihr gesagt hatte, die fremde Señora habe ihr ganzes Essen verdorben, das doch immer vorher recht gewesen sei. Und Kathrine, die darob zur Rede gestellt wurde, erwiderte, der Onkel habe gewünscht, daß der Kartoffelsalat einmal nach schwäbischer Art angemacht werde, und er wolle heute Maultaschen haben und nicht den ewigen Reis und Makkaroni. Das mochte aber gerade Donna Elvira gern, und so hielt sie, wie schon oft, mit Mapucha und lief den ganzen Tag verstimmt und ungut herum. Auch mit den beiden Mädchen hatte es Zwistigkeiten gegeben. Da Hannele eben einmal nicht mitgekommen war, von dem sie „weiß nicht was!“, wie Isabella sagte, hatten lernen sollen, so verlangte der Vater, daß sie und Christina jeden Tag eine Stunde zu der Base hinüber mußten, um stricken und nähen zu lernen. Und so was „Fades und Langweiliges gab es ja auf der ganzen Welt nicht mehr“. Wäre Kathrine nur irgendeine einfache deutsche Frau gewesen, so hätten sie noch eher zu ihr gehen mögen. Aber so mußten sie ständig den Widerwillen überwinden, „Base“ Kathrine sagen zu müssen zu einer, die doch nicht viel mehr war als die Mapucha und die Gartenarbeiter war. Meist kamen die Mädchen in der Dämmerung, müde von ihren großen Ritten, die sie täglich machten. Es war auch kein rechter Ernst in der Sache, denn

Isabella kam nie ohne ihren Jocko und Christina nie ohne ihren großen Hund. Es war das eine seltsame Handarbeitsstunde, wo immer zuerst die Tiere an die Reihe kamen und dann erst Strickzeug und Nähnadel. Mit dem Hund hatte Peter sich bald befreundet, und es war eine Wohltat, daß die beiden sich gegenseitig mit Spielen beschäftigten. Was aber Jocko anbelangte, so ging er nicht von der Schulter seiner Herrin herunter, und sobald sich ihm jemand nahte, fauchte er bösartig und fletschte die Zähne. Wenn Isabella endlich so gnädig war, irgendeine Arbeit in die Hand zu nehmen, so konnte man sicher sein, daß ihr der Affe plötzlich die Leinwand oder das Gestrick entriß oder mit blitzgleicher Geschwindigkeit den Knäuel erwischte und das Abgewickelte verwirrte. Auch heute war er in schlimmster Laune gewesen, und Base Kathrine hatte herzlich gebeten, den Jocko doch in seinen Stall zu sperren; so komme man ja zu gar keinem Ergebnis, und es wäre doch so schön, wenn der Vater auf Weihnachten außer den gesäumten Taschentüchern von Christina auch noch ein Paar selbstgestrickte Socken von Isabella erhielte.

Aber diese sagte nur kurz: „Der Jocko bleibt da, weil ich gewöhnt bin, daß er um mich ist, und für Vater hat Mutter seidene Pariser Socken bestellt. Da wird er wohl wenig Verlangen nach solch häßlich grobem Zeug hier haben."

Dabei gab sie ihrem Gestrick, das auf dem Tisch vor ihr lag, einen Puff, daß es auf den Boden flog. Mariele, das stillvergnügt in einer Ecke am Boden gesessen und mit ein paar Hölzlein und Nüssen gespielt hatte, sah den bunten Knäuel rollen und kroch schnell die paar Schritte hin, ihn zu haschen, fröhlich, etwas Neues zum Spielen zu haben. Aber im selben Augenblick überkam auch Jocko derselbe Wunsch, und mit einem großen Satz flog er von Isabellas Schulter herunter bis in die Mitte des Zimmers und legte seine behaarte Hand fest auf den Knäuel. Da hatte Mariele aber auch schon sein rundes Patschhändchen ausgestreckt – und es fürchtete sich vor keinem Tier, – es hatte ihm auch noch keines etwas zuleid getan. Jocko aber, der Verwöhnte, wollte mit niemand teilen, und als Mariele noch einmal zufassen wollte, da packte er den Knäuel mitsamt dem Händchen und riß und zerrte derart, daß die Kleine jammervoll aufschrie. Blitzschnell war Kathrine bei ihrem Kind, aber statt loszulassen, schlug der Affe auch sie gewaltig mit der andern Hand. Wohl eilte Isabella nun zu Hilfe, und der Affe ließ notgedrungen los, aber Marieles Hand hatte tiefe blutende Wunden, und Kathrinens Haar hing zerwühlt und zerzaust auf ihre zerrissene Bluse herab. Das war ihr denn doch zu stark; in erregtestem Zornausbruch verbot sie Isabella aufs strengste, noch einmal mit diesem „Malefizaffen" ihre Stube zu betreten.

„Dann kann ich ja wegbleiben", sagte Isabella trotzig und ging hinaus. Aber ganz wohl war ihr doch nicht bei der Sache. Während Christina rasch hinauseilte und Wasser holte und, vereint mit Kathrina, dem jämmerlich schluchzenden Mariele das herunterrieselnde Blut abwusch, war Isabella stillschweigend an Vaters Apothekenkasten gegangen. Sie kannte sich dort aus, und wenn einem Pferde etwas fehlte oder es eine Wunde hatte, so wußte sie genau, was zu tun sei. Darum wählte sie auch das richtige Verbandszeug und Salbe. Bringen mochte sie das aber nicht, sie schob es nur mit einem kurzen „Da!“ über die Türschwelle des kleinen Hauses.

Trotz regelrechtem Einsalben und Verbinden mußte die arme Kleine doch große Schmerzen ausstehen und ging nicht von Mutters Arm herunter. Ach, wenn es nur gewiß nichts Gefährliches war! Wie hatte man es da zu Hause gut, daß man in Krankheitsfällen nur einfach zum Doktor schicken und dann ruhig sein durfte, wenn er sagte: „Es ist nicht schlimm!“ –

Nun kam auch noch spät am Abend Philipp nach Hause und hinkte. Er war von einem noch jungen Pferde herabgeworfen worden, und der Fuß schmerzte sehr. Dabei war der Knöchel so sehr angelaufen, daß Kathrine Todesangst hatte, ob nicht etwas gebrochen sei. Sofort warf sich Philipp auf sein Lager. Kathrine schob ihm zur größeren Bequemlichkeit die eigenen Kissen hin. Aber wenn sie den Fuß nur berührte, um Umschläge zu machen, so schrie er fast vor Schmerz.

„Vielleicht weiß Juan einen Rat“, sagte er und biß die Zähne zusammen.

Und Juan wußte einen. „Ich hole die alte Caupolikana.“

So wenig angenehm es Kathrine war, diese älteste von allen Frauen aus den Indianerhütten, die eine wahre Hexe an Aussehen war, zu sich in ihre Stube zu bekommen, so ließ sie die Sache doch geschehen, denn sie wußte, die Alte kannte allerlei Mittel. Und das alte Weib trat in das Innere ihrer Behausung. Wie Pergament erschien ihr runzliges Antlitz, der Wind zauste im Eintreten an ihren langen, verwilderten Haupthaar und zerrte an dem weiten, zerlumpten Gewand. Die Augen der Greisin waren wie verschleiert. Sie trat an das Lager, hob die Arme hoch, machte Zeichen in der Luft und sprach beständig vor sich hin. Dann besah sie sich den verletzten Fuß, schob ihn hin und her, bog und knetete, aber alles in sanften, leisen Bewegungen. Immer wieder strich sie über den geschwollenen Knöchel, ohne irgendeine Bewegung in ihrem starren, scheinbar leblosen Mumiengesicht.

Kathrine wurde es ganz unheimlich zumute, aber Philipp sagte plötzlich: „'s ist wahrhaftig besser, und wenn was verrenkt war, so kommt es mir vor, wie wenn es wieder eingeschnappt wäre."

Daraufhin zeigten sie nun auch Marieles Wunde, auf die die Alte aus einem Büchschen, das sie aus ihrem Busen hervorzog, eine Salbe strich. Die Finger, mit denen sie es tat, waren nichts weniger als sauber, was Kathrine mit großem Unbehagen bemerkte. Und als das Kind in der Nacht fieberte und am andern Tag die Wundränder gar nicht gut aussahen, Philipp aber von neuem Schmerzen im Fuß hatte, da fregte sie in ihrer Herzensangst den Onkel Joseph, was sie denn tun solle. Der schalt und sagte, warum sie nicht gleich zu ihm gekommen sei, statt zu der alten Hexe zu laufen, wenn gleich die Eingeborenen immerhin da und dort etwas vom Heilen verstünden.

„Aber was dann!" fragte Kathrine angstvoll. „Sich selber helfen lernen, wie wir auch!" Onkel Joseph behandelte nun nach eigener Erfahrung und mit Hilfe seiner Hausapotheke die zwei Kranken. Und tüchtig schalt er auch Isabella aus, worauf der Affe für einige Zeit in seinem Käfig verschwand. Seine Besitzerin lief aber dafür mit einem höchst ungnädigen Gesicht herum. –

Und nun nahte Wihnachten heran. Ach, war denn das ein Weihnachten, mit Rosen und blühenden Sträuchern im Garten und mit einer Hitze, daß Kathrine auch schon längst wie Donna Elvira nur noch mit Rock und ganz leichter Jacke bekleidet herumlief? Marieles Händchen eiterte immer noch ein wenig, und Philipp konnte immer noch nicht gehen. Und gerade jetzt hätte Onkel Joseph so dringend Hilfe nötig gehabt. Ein großer Pferdetransport an die Küste sollte vor sich gehen. Die Schafschur hatte begonnen, und Philipp war es gräßlich, so untätig daliegen zu müssen, – untätig und beinahe im Dunkeln, auf dem armseligen Lager in dem engen Raum. Da hatten die Gedanken so unheimlich viel Zeit, von einem zum andern zu gehen, und unwillkürlich stieg vor Philipps Augen immer wieder die helle, lichte Werkstätte von daheim auf, die ihm doch manchmal so eng gedünkt hatte. und dabei kam unwillkürlich der Vergleich zwischen einst und jetzt.

Wo waren, wenigstens vorderhand, die großen Vorteile, die er sich versprochen hatte? Wo war die leichtere Arbeit, die größere Freiheit, der größere Verdienst? So sehr Philipp sich Mühe gegeben und sich täglich angestrengt hatte, so war's ihm doch nicht gelungen, auch nur annähernd die fabelhafte Fertigkeit im Reiten von einem Eingeborenen sich anzueignen. Wie mußte er seine ganze Kraft aufbieten, wenn die wilden Pferde mit dem Lasso gefangen wurden, wenn sie bestiegen und zugeritten werden sollten! Wie schwebte man da stündlich in Lebensgefahr! Und die Freiheit? Von der hatte er bis jetzt noch nicht viel verspürt. Wohl gab's keine marktenden Möbelhändler und keine drängenden Privatleute, keine Schuld- und keine Steuergerichte. Endlos lag die scheinbare Freiheit im weiten, freien Lande vor ihnen, aber festgebannt mit harter, Schweiß kostender Arbeit war man auch hier an die Scholle. Auch von Geld hatte Philipp bis jetzt noch nicht viel gesehen. Hatte er geglaubt, daß die Summe, die der Onkel ihm vor der Abreise zum „Flottmachen", wie es hieß, überweisen ließ, geschenkt gewesen sei, so war dies eine Täuschung. Gleich nach seiner Ankunft hatte der Onkel, der sehr pünktlich und genau in Geldgeschäften war, ihm gesagt, daß er die Reisekosten auf seine Rechnung genommen habe, daß es aber selbstverständlich sei, daß Philipp im ersten Vierteljahr das ihm geschickte andere Geld abverdiente.

Wohl waren daheim damit die Heuschulden vom vorigen Jahr und der Futterbedarf für dieses erledigt. Aber Großmutter mußte nun Zinsen zahlen von ihrem Vater her für Weinberg und Haus. Und Kathrine war's schrecklich, daß sie nicht, wie sie so sicher geglaubt, auf Weihnachten etwas dazu heimschicken konnte. Wohl waren etliche Muster ohne Wert an die Zurückgebliebenen abgegangen, wohl auch ein Brief, aber das war alles, und Kathrine schämte sich über diese geringe Sendung vor ganz Wiesental. –

Weihnachten daheim! Schimmernde Flocken auf weißer Schneedecke, gefrorener Weiher, überzuckerter Wald, Kuchenduft in den Häusern und am Abend Glockengeläute in der Kirche!

Hannele und die Großmutter waren, warm eingepackt, beim Abendgottesdienst gewesen, und nun gingen sie zusammen nach Hause. Ach wie still war's heute gegen sonst! Nicht nur Hannele empfand's, auch auf der Großmutter lag's schmerzlich, und sie beeilte sich, ihre Jacke und Kapuze abzulegen und in die warmen Schuhe, die am Ofen standen, zu schlüpfen. Dann zwang sie ihre Stimme zu einem fröhlichen Ton, indem sie sagte: „Jetzt, Hannele, jetzt geh hinein in die Kammer, bis ich dich rufe! Muß doch meinem lieben Kind das Bäumlein anzünden!"

Geschäftig trippelte die alte Frau nach Hanneles Hinausgehen herum. Auf dem Tisch in der Ecke stand ein Tannenbäumchen. Groß war's nicht, aber schlank und nett gewachsen. Schnell befestigte die Großmutter ein Dutzend Lichtlein daran, dann ging sie zur Kommode und holte unter einem Tuch hervor, das die Schätze verborgen hatte, etliche Päcklein Lebkuchen und Springerle. Daneben legte sie ein Paar gestrickte Wollhandschuhe und ein Paar Strümpfe. Dann hob sie den schweren Deckel der Truhe am Ofen in die Höhe und entnahm ihr einen schönen, mit blauen Bändelein umwundenen Pack selbstgesponnener Leinwand. Das war ein ansehnliches Geschenk, und ihre Hand strich auch noch einmal wie liebkosend über das feste Gespinst, das sie vornehin auf den Tisch legte. Dann rief sie befriedigt ihre Enkelin. Warum kam diese aber nicht? Warum gab diese keine Antwort? Noch einmal rief die Großmutter, und dann ging sie, ordentlich ängstlich, in die Kammer hinein.

Es war dunkel, aber doch erkannte die Großmutter eine Gestalt auf dem Bänklein unten am Bett sitzen und hörte ein herzbrechendes Schluchzen. Ach ja, das Kind hatte Heimweh, wie sie selber auch! Aber jetzt galt's, stark und möglichst fröhlich zu scheinen, und indem sie mit Absicht die Türe weit aufmachte, damit der Kerzenschein voll hereindringe, sagte sie milde: „Komm, Hanne, komm! 's ist eineweg heiliger Abend heute, und das Christkindlein war da und hat dir etwas gebracht!"

Hannele stand auf und fuhr sich rasch mit dem Rücken der Hand über die Augen. Sie wollte gewiß der Großmutter diese Freude nicht verderben und diese der Hanne nicht. So standen sie beide da. Hanne probierte die Handschuhe an und lobte die Strümpfe. Sie lobte auch das Stück Tuch, was ihr aber, offen gestanden, gar keine Freude machte, denn sie hatte auf eine neue Schürze gehoffe, und die war nirgends vorhanden. Von der Enkelin hatte die Großmutter ein schön genähtes Buchzeichen geschenkt bekommen. Hannele hätte gern einen Kragen gehäkelt, aber zu der Wolle fehlte ihr Geld. Daß sie nie auch nur einen Pfennig eigenes Geld besaß, das war ihr gar zu arg. Andere Kinder bekamen doch hie und da einmal ein paar Nickel oder gar eine halbe Mark von ihren Eltern geschenkt. Aber wenn sie die Großmutter nur um ein paar Pfennige bat, so sagte diese: „Kind, du hast, was du brauchst, und wir müssen sparen!"

Als die Lichtlein noch brannten, kam der Vetter Andres und sagte: „Oh, bei euch ist's aber einmal schön! Da weiß man doch auch, daß Christtag ist! Und – da – da ist auch etwas von mir!“

Er wickelte aus einem Zeitungspapier zwei Schnitzlaibe, die er für sich selber von seiner Hausfrau bekommen hatte. Dann holte er aus seiner Brusttasche heraus zwei kleine Büchlein, das eine mit Weihnachtsgeschichten, das andere war etwas Erbauliches, und sagte: „Das können wir dann vielleicht nachher zusammen lesen. – Aber was ist? Habt ihr nichts von drüben bekommen?“

Ja, irgend etwas von den fernen Lieben, darauf hatte sowohl die Großmutter als auch Hanne recht in der Stille gehofft. Aber freilich, von so weit her, da konnte man ja auch nicht auf den Tag hin rechnen, wann die Sachen ankamen.

Die Lichtlein waren verglommen, und nun setzte man sich an den Tisch. Die Großmutter hatte eine besonders gute Suppe gemacht und war jetzt draußen in der Küche, um auch noch Pfannkuchen zu backen. Der Vetter blätterte in den Heftlein, und über Hanne kam wieder das alte trostlose Sehnsuchtsgefühl.

„O mein Mariele! ... O mein Kleines! ... O Vater, Mutter und Peter! Wo seid ihr jetzt?“

Da erschollen laute Stimmen und lebhaftes Lachen draußen auf der Straße. Hanne horchte auf. War das nicht die Stimme von Karline und von der Gret? Und richtig, kaum hatte sie so gedacht, als es fest an der Türe klopfte und gleich darauf die beiden Schulkameradinnen hereintraten mit Schlittschuhen am Arm.

Eifrig sagten sie: „Hanne, was sitzt da, wo doch der Baum schon lang abgebrannt ist? Bei uns daheim ist die Bescherung auch vorbei, und da wir neue Schlittschuh gekriegt haben und der Mond so schön scheint, so wollen wir sie noch auf dem Weiher probieren. Komm doch mit! Gelt, du hast ja noch ein Paar alte von deinem Vater? Draußen warten noch ein paar Buben und Mädchen, und wir wollen lustig sein.

Lebhaft war Hannele aufgesprungen, als die Großmutter eben die fertigen Pfannkuchen hereintrug und auf den Tisch setzte.

„Großmutter, sieh gehen alle noch auf den Weiher und laufen Schlittschuh. Gelt, Großmutter, ich darf auch mit?" Und rasch öffnete sie den Schrank, in dem unten in einer Ecke Vaters Schlittschuhe aus dessen Jugendzeit lagen.

Da sagte die Großmutter befremdet: „Ja, Hanne, was fällt dir denn ein? Wo wir noch nicht einmal gegessen haben? Und dann, am heiligen Abend geht man doch nicht fort!"

Die Schustersgret sagte keck: „Gerade da darf man doch auch lustig sein, Frau Aldinger!"

Und Karline wollte auch helfen und sagte: „Meine Mutter hat mich eigentlich auch nicht fortlassen wollen. Aber wer weiß, ob's morgen nicht taut, und jetzt gerade haben wir eben alle so große Lust, auf den Weiher zu gehen."

Die Großmutter kämpfte sichtlich einen Augenblick mit sich selber, aber sie konnte doch unmöglich einer Sache zustimmen, die ihr nicht gefiel. Und so fragte sie freundlich, aber bestimmt zu Hannele: „Es ist mir lieber, du bleibst da. Morgen kannst du dann aufs Eis gehen, soviel du willst!"

Die Mädchen zogen mit langen Gesichtern ab, die Gret

nicht, ohne noch Hanne zugeflüstert zu haben: „Puh, ist die streng! Gönnt sie dir denn gar kein Vergnügen?“

Und dieses Gefühl setzte sich den ganzen Abend fest, obgleich die Großmutter zu den Pfannkuchen noch von dem guten Himbeergesälz holte, das man sonst nur für Krankheitstage aufhob, und obgleich es dann wirklich nett war, als der Vetter aus dem Büchlein vorlas, und ziemlich spät noch die Schullehrersbuben herüberkamen und Hannele eine ganz prächtige, von Lydia selbst genährte schöne rote Schürze brachten, eine viel schönere, als sie sich je geträumt hatte.

„Dumm ist's, daß die Lydia nicht gekommen ist, und hätt' doch gedurft!“ sagte der eine. Der andere aber ergänzte: „Sie ist geblieben, weil doch die Tante wieder liegen muß und die Kinder allein gewesen wären, aber lustiger wär's schon mit der Lydia.“

Die Buben blieben ein wenig da, aßen ein Stück von des Vetters Schnitzbrot und erzählten allerlei Lustiges aus der Schule.

„Das sind ein Paar frische Kerle!“ sagte der Vetter, als die beiden wieder fort waren. Die Großmutter aber konnte sich nicht enthalten zu sagen: „Wie gut ist's, Hannele, daß du nicht fortgegangen bist!

Aber trotzdem schlief Hannele mit dem Gedanken ein, daß sie eben doch eigentlich ein recht armes Kind und in vielem hintangesetzt sei.

ZEHNTES KAPITEL

Frühjahr in Hannes Garten. – Warum Philipp schreibt, ein Zirkus sei nichts gegen die Basen, und wie er sich die Bläß auf der Pampa denkt. – Warum die Mapucha Kathrine Pfeffer auf die Karthäuserklöße streute, und von Peters erster Postkarte. – Wie Herr Ritter sagt: „Ei, wie interessant!“ und Hanne weint ob des Großvaters Gesangbuch. – Die Großmutter versteht nicht, was schick heißt. – Hannes Fahrt in die Residenz.

Hatte Philipp bei seinem Entschluß, auszuwandern geglaubt, auch die Großmutter werde es leichter bekommen, wenn sie nur für sich allein zu sorgen hätte, so hatte er sich auch hierin getäuscht. Wohl waren weniger Brotesser im Haus, aber Philipps Verdienst, wenn er manchmal auch nicht ausreichen wollte, fehlte. Und es fehlte hauptsächlich die Umsicht und Schaffenskraft der Kathrine auf dem Feld und im Garten. Wohl half der Vetter, sooft es nötig war, aber er verdiente sein Brot mit Taglöhnern, und so konnte und mochte die Großmutter seine Hilfe nicht umsonst annehmen. Sie selber konnte ja wohl noch graben, pflanzen und begießen, aber eine ganze Kraft war sie mit ihren Gichtschmerzen nicht mehr. Und da mußte, ob's ihr behagte oder nicht, Hanne eben herhalten. Das Mädchen war stark und kräftig gebaut, und was die Gartenarbeit anbelangte, so war sie dazu immer bereit, denn das machte ihr Freude. Die Großmutter gönnte ihr auch Vergnügen, soweit sie konnte; denn sie wußte wohl, daß die Jugend noch Abwechslung braucht, und sie hatte es ganz gern, wenn

Hanne am Sonntag mit ihren Gespielinnen einen Spaziergang in den Wald machte oder sich irgendwie sonst vergnügte. Aber ehrbar mußte es zugehen, daran hielt sie fest. Und zu Mädchen, wie die Schustersgret und noch ein paar andere, ließ sie die Enkelin nicht gehen, da blieb sie fest. Schon die Karline war ihr als Freundin nicht so ganz recht, und sie hätte Hanne gern einen anderen Umgang gewünscht, so wie Lydia eine war. Aber solche Mädchen sind eben selten, das wußte sie wohl.

Es war wieder Frühjahr, und der Garten mußte bepflanzt werden. Die Mutter hatte von drüben allerlei fremde Samen geschickt, und Hanne war hochbegierig, was sich wohl daraus entwickeln würde. Es waren schon verschiedene Briefe von Kathrine und von Philipp gekommen, aber mehr und mehr machten sie der Großmutter Herzweh, sie wußte selber nicht recht warum. Eigentlich geklagt hatte noch keines von den beiden, und die Großmutter sagte sich auch immer wieder, daß aller Anfang schwer sei. Philipps Fuß war nun auch wieder beinahe gut, nur noch eine ganz kleine Schwäche sei drinn, schrieb Kathrine, und Peter und Mariele seien auch gesund. Aber sie täten arg verwildern, und das sei ihr täglicher Kummer. Mit den Verwandten stünden sie nicht schlecht, aber auch nicht besonders gut. Ja, mit dem Onkel Joseph schon, aber nicht mit seiner Frau, die sei eben keine Deutsche, und die beiden Mädchen eben auch nicht. Die Kathrine schrieb, sie tue, was sie könne, und schaffe von morgens bis in die Nacht. Aber eigentlich anerkannt werde es nicht. Geld habe Philip am ersten Januar wohl bekommen, aber nun müssen sie sich eben erst ein bißchen Hausgerät anschaffen, und das bis hierher auf den Kamp zu bekommen, sei eine teure Sache. Da sei es nun leider wieder ganz unmöglich, der Mutter etwas zu schicken. Ganz sicher aber im Herbst. Die Tante sei immer noch böse darüber, daß Hanne nicht mitgekommen sei, weil sie es sich in den Kopf gesetzt habe, daß ihre Töchter durch sie häuslicher und fleißiger würden.

Die Großmutter seufzte, als sie dies las, denn immer drückte sie das Opfer, das man ihr gebracht hatte. Und manchmal überlegte sie, wie es zu machen wäre, wenn sie Hannele fortschickte. Vorderhand war's ihr noch unerfindlich, und doch hielt das Kind sich so fest an dem Versprechen der Eltern, daß sie nachkommen dürfe; ihr ganzes Dichten und Trachten ging dahin. Da konnte die Großmutter, wie schon oft in ihrem Leben, nichts anderes tun, als diese Sache Gott anempfehlen, ihm, der noch immer die richtigen Wege bereit hielt, auf denen seine Kinder zu gehen hatten.

Brief von Philipp Werner an Hanne.

Estancia Schwaben März, Sonntag, 19..

Liebes Hannele!

Es ist recht lange, daß ich nicht mehr geschrieben habe. Aber die Arbeit geht von morgens sechs Uhr bis abends acht Uhr in einem fort. Und dann bin ich rackersmüde und muß schlafen. Und Mutter geht es ebenso. Wir haben jetzt große Hitze, und da fällt einem auch alles schwerer. Daß ich das Unglück mit dem Fuß hatte, wißt Ihr ja. Und es geht ja wohl viel besser, hindert mich aber doch noch an manchem. Marieles Biß von dem niederträchtigen Affen ist geheilt.

Aber Mutter ist unglücklich darüber, daß sie auf ihrer kleinen Hand die Narbe wohl behalten wird.

Liebe Großmutter, liebes Hannele! Wie würdet Ihr gucken, wenn Ihr in unsere Behausung und in unser Leben hereinsehen könntet! Unsere zwei Stuben sehen zwar jetzt ganz anders aus als am Anfang. Der Onkel Joseph hat mir Geld vorgestreckt zu zwei Bettladen und einem Schrank. Leider kann man so etwas hier nicht selber machen, wie ich gehofft, denn es fehlt an Holz. Aber nur so am Boden herumliegen wie ein Tier, das war uns schon lange entleidet. Etliche Stühle hatte ich aus Latten zusammengenagelt und für die Kinder eine Bank und ein Tischchen. Aus unsere Holzbank hat Kathrine einige Kisten gemacht, die sie mit Baumwolle füllte, und an die Wand haben wir die Bilder von unseren beiden Eltern, von Wiesental und noch etliche andere mit Reißnägeln befestigt. Wir schnitten diese aus einer illustrierten Zeitung heraus, die wir noch in unseren Packkisten fanden. Eine Petroleumlampe und sonst noch etliche Gerätschaften mußten wir auch kommen lassen. Und Ihr glaubt nicht, wie furchtbar teuer hier alles ist. Gerade das Doppelte von drüben. Es ist mir drum sehr arg, liebe Großmutter, was Dir die Kathrine schon geschrieben hat, daß wir Dir diesmal wieder kein Geld schicken können. Der Anfang ist halt schwerer, als wir dachten. Aber nachher wird's schon kommen. Liebes Hannele! Wenn Du das jetzt auch sehen könntest, wie gerade eben die beiden jungen Basen so wie alle Morgen in den Stall gehen, sich selber irgendein Pferd herausnehmen, einen Teppich darauflegen – von Sattel weiß man hier nichts – und dann nur so hui! frei hinauf auf den Gaul springen und droben sofort wie angegossen sitzen! Natürlich reiten sie auch wie Männer. Und dann – ein leichtes Anziehen des Zügels und hurra, hast du nicht gesehen, fliegen sie in die weite Pampa hinein. Oft ist's nur ein ausgedehnter Spazierritt, manchmal aber, – was tun die Mädels? Sie haben einen Lasso bei sich und reiten, bis sie zu irgendeiner der großen Pferdeherden kommen. Dort erfassen sie mit ihrem scharfen Blick irgendein Pferd, das ihnen gefällt, und werfen ihm den Lasso um den Hals. Näher und näher ziehen sie es zu sich her. Das wilde Pferd schäumt und widerstrebt natürlich. Aber die gezähmten Pferde sind schon darauf eingedrillt. Sie bleiben stehen, wenn ihr Reiter oder ihre Reiterin vom Rücken springt und sich dann mit fabelhafter Kühnheit auf das oft wie toll sich gebährende wilde Pferd schwingt. Besonders Isabella ist darin geschickt wie der kühnste Gaucho. Sitzt sie erst einmal droben, so bringt sie kein noch so wütendes Gebaren des Pferdes von dessen Rücken. Und indem sie das Tier, das ob der ungewohnten Last und natürlich durchgeht, in stundenlangem, rasenden Ritt über die Heide sich austoben läßt, während ihr gezähmtes Pferd folgsam wie ein Hund nachfolgt, gelingt es ihr, den ganz erschöpften Gaul auf großen Umwegen bis an die Estancia heranzubringen, wo er dann todmüde fast zusammenbricht. Nun hat das Tier die Macht des Menschen gefühlt, und wenn es auch die nächsten Tage noch immer schlimm und wild zugeht, so werden diese Mädels, die tausendmal besser reiten, als der beste Wachtmeister bei uns daheim, allemal Herren über den betreffenden Gaul, der von nun an mit einer Anzahl derartig wild zugerittener Tiere in eine Art Koppel auf der Estancia kommt.

Ich habe einmal einen Zirkus gesehen, aber ich sag' Euch, Kunstreiterinnen sind gar nichts gegen diese Basen. Pferde und Hunde ist ihr alles. Und so wenig fleißig sie sonst sind, so kommt's ihnen gar nicht darauf an, nach dem anstrengendsten Ritt ihre Pferde selbst zu putzen. Überhaupt sind sie im Stall viel mehr zu Hause als in ihrer schönen Stube. Ich selber bin nun auch wieder recht im Reiten drin, und das ist nötig, denn die Herden und die Peone, Knechte, nach denen ich zu sehen habe, sind oft meilenweit draußen. Der Onkel ist gut. Indem er mich am Anfang immer mit sich nahm und mich allen seinen Verwandten als künftigen Majordomus, d. h. Verwalter, vorstellte, hat er mir ein Ansehen verschafft. Und ich kenne mich jetzt schon gut aus. Am Anfang kam es mir auch ganz merkwürdig vor, daß, gleich den Pferden, auch das Rindvieh nie in einen Stall kommt. Wild wächst es auf, weidet, wo es ihm gefällt, und nur für ein paar Kühe, die den täglichen Milchbedarf fürs Haus liefern, sowie für etliche Rassepferde sind Stallungen vorhanden. von Zeit zu Zeit werden dann Hunderte oder Tausende von Ochsen nach Buenos-Aires zum Markt gebracht, und fast ebensoviel Rinder und Schafe werden zu den Fleischertraktfabriken transportiert. Muß oft denken: Was täte unser Bläßle sagen, wenn sie auf einmal in eine dieser Riesengesellschaften hineinkäme? Ich glaube, die würde recht gern wieder in ihren Stall zurückkehren. In unsern Stall! Ja, da ist's doch auch gut und heimelig gewesen. Äcker gibt's hier vorderhand gar keine. Das heißt, der On-

kel hat probiert und hat ein paar Morgen Land ausroden lassen. Wir sind begierig, was daraus wird. – Jetzt tut mir aber die Hand weh, so lange hab' ich noch nie geschrieben, und die Kathrine soll jetzt weitermachen. Ich füge nur noch viele Grüße bei. Hält der Schreiner, der meine Werkstatt gemietet hat, auch gute Ordnung dort? Hoffentlich schafft er gründlich, daß er meine Kundschaft nicht verloren hat. Und läßt er sein Holz auch vorher recht gut austrocknen? Eigentlich geht mich das jetzt nichts mehr an, aber ich möcht's eben doch gern wissen. Sagt auch dem Herrn Lehrer einen schönen Gruß, und er könnte ein ganzes Buch schreiben, wenn er hier wäre. Und wenn Ihr den Ochsenwirt seht, grüßt ihn und den Kaufmann. Und natürlich vor allem den Vetter Andres und halt das ganze Dorf.

Euer Philipp.

Nachschrift. Jetzt ist's noch ein Jahr, bis daß Hanne eingesegnet wird. So lange soll sie noch daheim bleiben. Gelegenheit zum Hinüberkommen wird's dann schon geben. Bis dorthin soll dann, wie wir's ausgemacht haben, der Vetter Andres ins Haus ziehen. Doch um all das zu besprechen, ist ja noch Zeit genug! –

Ich, die Kathrine, will jetzt weitermachen und will einmal heute fest sitzen bleiben, daß Ihr auch einen langen, ausführlichen Brief kriegt. Gottlob sind wir gesund, wie wir es auch von Euch hoffen. Ich danke Gott täglich dafür, denn man muß hier viel strenger arbeiten als drüben. Gestern haben wir wieder ein Kalb geschlachtet. Dafür gibt's aber keinen Metzger, und wir verarbeiten es ganz selber. Solche Sachen versteht die Tante ganz ausgezeichnet, und wenn sie will, kann sie alles, und man kann nur von ihr lernen. Denkt Euch nur, mit einer Säge und scharfen Messern versteht sie sogar einen Ochsen zu zerteilen. Und dann wird das Fleisch eingepökelt in großen Tonnen und so nach und nach im Haushalt verbraucht. Jetzt hab' ich's auch schon ein wenig los, aber so ganz sicher bin ich noch nicht. Und es hat mir arg leid getan, wie mir gestern das Beil ausgerutscht ist und ich das schöne Lendenstück kaputt gemacht habe. Da schimpfte die Tante, und ich glaube, es ist ganz gut, daß sie's auf Spanisch tat und ich noch nicht alles verstanden habe. Ich sage auch gar nicht Tante zu ihr, sondern viel lieber Donna Elvira. Ich glaube, sie hört's auch lieber. Mit den zwei Mädchen hab' ich immer noch meine liebe Not. Sie sollen bei mir lernen und mögen doch nicht. Aber so weit habe ich doch die Christina gebracht, daß sie ein Abwischtuch gestrickt hat. Mit der Isabella aber ist's gar nichts. Die sagt zu allem nur „No", dreht sich herum und zündet sich eine Zigarette an. Das sag' ich Dir, Hannele, wenn Du herüberkommst, – ach, wie wird das schön sein! – rauchen darfst Du mir aber nicht! Das will ich einmal nicht an Dir sehen, da hab' ich an unsern Indianerweibern genug. Die bringen die Pfeife nicht aus dem Mund. Am schwersten ist es mir, wenn ich in der Küche helfen soll, von wegen der Mapucha. Der bin ich Gift in den Augen. Und ein paarmal schon, wenn ich für den Onkel etwas habe kochen sollen, hat sie schnell gemacht, daß es verbrannt ist. Und gestern hat sie mir vor dem Anrichten von meinen Karthäuserklößchen schnell Pfeffer darauf gestreut statt Zimt, so daß der Onkel ganz entrüstet und mit einem Hustenanfall herausgekommen ist. – Und jetzt noch von den Kindern! Was soll ich da sagen? Gesund sind ja beide, und das ist die Hauptsache. Aber daß sie eben so ohne alle Aufsicht aufwachsen, das ist mir eine stete Sorge. Das Mariele habe ich ja soviel wie möglich bei mir, wenn ich im Garten oder im Haus bin. Aber in die Küche darf ich sie nicht mitnehmen. Das leidet die Mapucha nicht, die sagt, so ein kleines Kind sei etwas Unappetitliches. Und sie selber ist es doch viel mehr mit ihren Triefaugen und ihren ungewaschenen Händen. Neulich ist es mir aber einmal nachgelaufen, das Kind, und hat mich gesucht, und ich war gerade wo anders. Da hab' ich's auf einmal jämmerlich schreien hören, weil ihm die Mapucha Schläge gegeben hat. Gelt, Hanne, das wäre etwas für Dich gewesen? Ich hab's ihr dann auch gehörig auf Deutsch wiedergegeben und auf Deutsch den Marsch gemacht, – die tut's nimmer! Aber das solltest Du jetzt hören, Hannele, wie Dein Mariele drauflosschwätzen kann. Nicht nur Wörtchen kann es sagen, sondern schon ganz nette kleine Sätze. Nicht nur Deutsch, sondern es kommt auch schon manches Spanische darunter, was sie von den Indianerkindern kennt. Und Philipp sagt, das sei ganz recht, die lerne die Sprache leichter als wir. Wenn ich so beschäftigt bin, daß ich eben das Kind nicht brauchen kann, dann muß der Peter es hüten, und er hat's ja gern, sein Schwesterle. Aber arg achtgeben tut er nicht. Er ist halt ein wilder Bub, und hier in der großen Freiheit wird er noch viel wilder als daheim. Da wir ihn ja in keine Schule schicken können, was mit für die Zukunft eine rechte Sorge ist, habe ich angefangen, ihn nach dem Essen, in der einzig freien Stunde, die man hier hat, ein wenig lesen und schreiben zu lernen. Und ich bin froh, daß er's kapiert, und daß er will. Vielleicht steckt doch noch ein bißchen war's vom seligen Großvater in ihm und in mir, daß wir's miteinander zustandebringen. Mein Hannele, Du könntest's aber noch viel besser mit ihm. Ach ja, wenn Du da wärst, dann käme mir nichts mehr schwer vor! Und ich glaube, vieles würde Dir auch hier gefallen. Vor allem die wunderbar schönen Blumen, teilweise ganz andre als bei uns, und die Farben und der Geruch! Und was man da für Sträuße machen könnte! Aber dazu fehlen einem hier die Vasen, und man läßt sie lieber im Garten blühen. Gemüse gibt's jetzt in Hülle und Fülle, und ich glaube, die Tante ist darin mit mir zufrieden, wie ich mich da auskenne und schon recht eingelebt habe.

Liebe Mutter, liebes Hannele! Ich gäbe aber doch viel, ach, viel darum, wenn ich nur noch einmal in unser Gärtle wieder sehen könnte, wenn es auch zehnmal kleiner ist als der Garten hier. Rettiche haben wir gepflanzt, auf die hat sich der Onkel wie ein Kind gefreut. Sie sind auch gewachsen, aber als wir sie herauszogen, schmeckten sie gerade wie Rüben.

Mutterle, liebes! Jetzt ist's Sonntag vormittag zehn Uhr, und Du holst Dein Gesangbuch. Aber hier gibt's keine Kirchenglocken, und ich glaube, hundert Stunden weit gibt's keine Kirche. Dann lese ich in meinem Gebetbuch, aber selber lesen ist doch etwas ganz anderes, als in der Kirche sein. Der Peter weiß schon gar nichts mehr davon, und das ist mir so arg. Jetzt aber will er Euch selber zeigen, was er kann, und ich sag Euch drum tausendmal Behüt Gott!

Und gelt, Mutter, Du gehst mir ja gewiß nicht mit auf die Wiesen hinaus zum Heuen? Und gelt, Mutter, Du kaufst Dir doch ganz gewiß immer wieder von dem guten Klemmerlesgeist gegen den Rheumatismus. Das Hannele soll Dir ja gewiß den Rücken und die Schultern damit einreiben. Aber fest! Eure Euch ewig liebende

Kathrine.

Libe Großmutter und libe Hanne!

Also ich kahn schreiben! Ich lern's! Der Pedro und die Maimai können's nicht, aber sie haben Schweinchen, und ich kahn reiten, fall nimmer runter. Chrischtina hat mir's gezeigt und sie sagt, Caballo lib. Ich will Gaucho werden, viel Hunde haben, Mariele mag Pferde nicht, sie ist dumm! Es grüßt

Peter Werner.

Nachschrift. Ich weiß noch von der Wise und vom Stall, was machen meine Hasen? Hir gibt's Löben, aber man schließt ab, daß si nicht reinkommen.

Das war seit dem ersten Schreiben vom Schiff der erste längere Brief, der in die Heimat kam. Und Herr Ritter, dem Hannele ihn gleich am andern Tag brachte, freute sich furchtbar darüber und sagte immer wieder: „Nein, ist das interessant! Ist das interessant!"

Hannele aber zählte von da an noch mehr fast die Tage, bis auch sie zu den Ihrigen in dieses Wunderland durfte. Mit dem Schwierigen dort wollte sie, vereint mit Vater und Mutter, schon zustande kommen. War's ja doch nun einfach ihre Pflicht, zu den Ihrigen zu gehen um der Geschwister willen. Denn da tat einem ja das Herz weh, wenn man an das arme, kleine, unbeaufsichtigte Mariele dachte, – was konnte dem goldigen Schätzle doch alles zustoßen! Wenn Hannele an all die Möglichkeiten dachte, so war's ihr zumute, als müsse sie womöglich schon heute auf und davon. Aber die Pflicht, die hielt Hanne jetzt eben hier fest. –

Ein Jahr, ein ganzes Jahr ist wieder vergangen, und im Großmutterhaus in Wiesental war ziemlich alles beim alten geblieben; Schule und Feldarbeit, Hausgeschäfte und da und dort auch einmal ein Vergnügen wechselten in Hanneles Leben ab. Mit den ersteren ging es zwischen Großmutter und Enkelin ziemlich glatt ab. Das mußte eben einfach sein. Und im großen ganzen schaffte Hanne ja auch gern. Aber was das Vergnügen anbelangte, so war dies ein Punkt, wo es zwischen den beiden immer wieder Meinungsverschiedenheiten gab. Großmutter war nun eben einmal altmodisch und vielleicht auch ein bißchen streng. Und jetzt besonders, in der Vorbereitungszeit zur Einsegnung, hatte sie die Ansicht, daß ein Kind ruhig und gesetzt sich verhalten solle. Hätte Hannele nun immer Lydia um sich gehabt, so hätte sich das ganz von selbst gegeben. Aber Lydia war in dem ganzen Jahr nicht mehr nach Hause gekommen, weil ihre Tante immer leidender wurde und sie in dem Stadthaushalt beständiger Pflege und Aufsicht bedurfte. Die übrigen Dorfmädchen hatten aber keinen sehr ernsten Sinn, besonders Karline nicht. Und da Hanne sehr freundschaftsbedürftig war, so schloß sie sich doch immer fester an diese an.

Es war nicht das erste Mal, daß es einen Verdruß wegen Kleider und dergleichen gab. Gerade jetzt, wo das Konfirmations- und das sogenannte Andertagskleid gemacht werden sollte, beschäftigten diese Fragen Hanne ganz besonders, und je sicherer sie wußte, daß die Großmutter eine ureinfache Machart im Sinne hatte, desto mehr gelüstete es sie nach Vornehmem und Modischem, wie es die Karline hatte.

Überhaupt neigte Hannele dazu, ein wenig eitel zu sein, und ließ sich vom Äußeren mehr erfüllen, als es jetzt in der Vorbereitungszeit hätte sein sollen. Recht viel weilten ihre Gedanken dabei: „Wie krieg' ich die Großmutter herum?", und schon etliche Male war es zwischen den beiden zu peinlichen Streitereien gekommen. Heute nach Tisch hatte die Großmutter lange in ihrer Truhe gekramt, bis sie ganz von unten vor etwas in vergilbtes Seidenpapier Eingewickeltes herausbrachte. Sorgsam löste sie es aus seinen Hüllen, und es kam ein großes, schwarzes Gesangbuch zutage mit einem alten silbernen Schloß. Ganz feierlich fing sie an: „Hanne, jetzt horch! Hier ist das Gesangbuch von meinem Mann, das er einst von einer vornehmen Pate aus der Stadt bekommen hat. Wir haben's beide heilig gehalten, und er hatte immer noch sein einfaches Schulgesangbuch daneben. Als deine Mutter gesegnet wurde, lebte er noch und konnte sich nicht davon trennen. Aber jetzt, – ich habe mir's schon lange vorgenommen – jetzt sollst du als seine älteste Enkelin es bekommen. Und ich weiß, du wirst das schöne Stück auch in Ehren halten und dich darüber freuen."

Ganz „glänzig" hatte die Großmutter beim Sagen dieser

Worte ausgesehen, wie Hanne nachher der Karline erzählte. Aber die so Bedachte bekam keinen gelinden Schrekken, war doch dieses Gesangbuch ein großes, und all die andern Konfirmantinnen bekamen kleine, das war nun einmal so Sitte. Und dann – die Karline hatte gleichfalls wie der Großvater einst von einer Patin aus der Stadt ein violett samtenes bekommen mit silbernen Ecken, und das hatte Hanne so bezaubert, daß es ihr Traum war, ein ähnliches zu erhalten. Und nun dieses große, schwarze Lederding mit dem alten Schloß! Man würde sie ja künftig in der Kirche auslachen, wenn sie mit dem zum Gottesdienst kam! Das das Leder echt Saffian war und das silberne Schloß wertvoller als das ganze lila Zeug zusammen, das wußte Hanne freilich nicht, es hätte wohl auch keinen Eindruck auf sie gemacht. Nun war es ihr einfach unmöglich, eine Freude zu heucheln, wo sie keine empfand.

Als die Großmutter sie enttäuscht fragte: „Ja, Hanne, freut es dich denn nicht?" da vermochte sie nicht zu lügen. Und indem sie den Kopf fest schüttelte, sagte sie: „Die andern haben alle kleine, und darum möchte ich auch ein solches haben."

Da aber sagte die Großmutter ernst: „Ob klein oder groß, das macht für den Inhalt nichts aus. Und wenn du einmal so alt bist wie ich und die Augen schwach werden, dann bist du sehr froh an dem großen, deutlichen Druck."

Bis zum Altwerden aber hatte Hanne wahrhaftig noch lange Zeit und mochte auch gar nicht daran denken. Aber daß sie nun eben wirklich und wahrhaftig mit diesen in ihren Augen unförmlichen Ding zur Kirche gehen sollte, das war ihr so schwer zu denken, daß sie in Tränen ausbrach, aufstand und davonlief, natürlich zu Karline, der sie schluchzend alles berichtete.

Diese sagte: „Recht hast du dran getan, daß du Dich wehrtest! Ich sag's doch schon alleweil, daß du nicht alles nur so geduldig wie ein Schaf hinnehmen sollst!"

Wenn auch im Innersten des Herzens beunruhigt, wappnete sich Hanne doch beim Nachhausegehen von der Schule mit solchem Widerstand. Aber es war merkwürdig. Diesmal tat die Großmutter, als wäre gar nichts geschehen, und das alte Buch war verschwunden. Auch die nächsten Tage sagte die Großmutter nichts mehr, und es wäre doch an der Zeit gewesen, ein Gesangbuch zu kaufen. Aber geradezu danach zu fragen, getraute Hanne sich doch nicht. Als ein paar Tage nachher der Bote aus der Stadt der Großmutter ein Paketchen brachte und diese Hanne ein paar Minuten nachher ein zwar einfaches, aber doch modernes Gesangbuch übergab mit den Worten: „Da hast du eins, – das ist wohl so, wie du dir's gewünscht hast", da war Hannele, wenn das Büchlein auch nicht aus Penseesamt, sondern aus schwarzem Leder war, doch sehr gerührt und dankte der Großmutter herzlich.

Anders aber ging es mit den Kleidern. Die Nähsophie war gekommen, und als sie ihren Kaffee getrunken hatte, setzte sie sich an den großen Tisch und breitete allerlei Modezeichnungen aus. Auch aus ihrer großen Tasche kramte sie wieder Stoffe, Spitzen und Stickereien aller Art. Dann sagte sie, noch bestimmter als sonst, denn sie hatte mit Hanne ausgemacht, daß sie beide zusammenhalten wollten:

„Also jetzt, Frau Aldinger, da sehen Sie einmal her! Sie wollen doch auch, daß Hannele unter den andern hübsch und schick (dieses Wort war ein Lieblingsausdruck von Sophie) aussieht?"

Der Großmutter wurde es bei all dem Plunder, wie sie in Gedanken als Besatzzeug nannte, ganz unbehaglich zumute. Sie hatte sich fest vorgenommen, den Wünschen Hanneles so viel als möglich nachzugehen, aber praktisch mußte es sein und nicht über den Stand, dabei blieb sie.

„Wir sind keine Stadtleute, und unsre Kleider müssen so gemacht werden, daß wir sie später auch abtragen können. Drum meine ich, wir brauchen all die Hefte und Bilderbögen nicht anzusehen. Das Fräulein Sophie weiß gewiß, wie ich's meine, und macht uns einen netten, praktischen Vorschlag."

Das Fräulein Sophie aber setzte mit geläufiger Zunge auseinander, daß man nur einmal eingesegnet werde, und daß man nur einmal jung sei. Sie würde deshalb fern an dem blauen Wollkleid, das ohnedem ein wenig altväterlich sei, ein wenig mit Creme-Seide garnieren, und am schwarzen Kleid mache man natürlich einen Koller aus Tüll und Ärmel bis an die Ellbogen, das sei schick.

Die Großmutter schüttelte mit dem Kopf. Was Creme und was schick sei, wußte sie nicht, aber das wußte sie, daß das schwarze Konfirmationskleid auf lange hinaus für Sommer und Winter Dienste leisten müsse, und daß man dazu keine kurzen Ärmel und Tüll brauchen könne. In diesem Punkte beharrte sie fest auf ihrer Ansicht, daß das Kleid brauchbar und dauerhaft gemacht werden müsse. Bei dem blauen Kleid gab sie schließlich nach, daß man es mit weißen Spitzen garniere, obgleich die ja in kurzem schon ganz schmutzig sein würden und ihr ein einfacher weißer Kragen, „meinetwegen gestickt", den man waschen konnte, viel besser gefallen hätte. Sie glaubte so richtig gehandelt zu haben, und es tat ihrem alten Herzen weh, wie Hanne trotzdem recht unzufrieden schien, und wie die Näherin ihr den Kopf hielt. Es betrübte sie doppelt, weil sie so gern gehabt hätte, daß ihr liebes, anvertrautes Enkelkind jetzt gerade keinen so großen Wert auf Äußerlichkeiten legte. Ach, wie fehlte ihr da Kathrine zur Vermittlung! Wie bitter fehlte sie ihr überhaupt oft! Und nun ganz besonders am Konfirmationstage!

Hanne sah in dem einfach gemachten schwarzen Blusenkleid mit einem schwarzseidenen Gürtel und einer Schleife, die ein feines, echtes Spitzentüchlein zusammenhielt, das Großmutter noch von alten Zeiten her besaß, sehr gut und entschieden hübscher aus als die Karline mit ihrem modern gemachten Kleid. Trotzdem hatte Hannele zu überwinden, kämpfte aber redlich dagegen. Denn im Grunde sah sie doch ein, daß die Großmutter recht hatte. Auch war's ihr doch recht ernst zumute, und ihr Herz war voll guter Vorsätze auch gegen die Großmutter, die doch eigentlich recht viel an ihr tat und in der letzten Zeit so besonders herzlich und lieb mit ihr gewesen war.

In der Kirche mußte Hannele auch so viel an Vater und Mutter denken und freute sich, daß sie denselben Denkspruch wie einst ihre Mutter bekam, vom Pflichttun.

Der Vers hieß:

Sing, bet' und geh auf Gottes Wegen
Verrichte deine Pflicht getreu,
Trau ihm und seinem reichen Segen
So wird er täglich bei dir neu.
Denn wer nur seine Zuversicht
Auf Gott setzt, den verläßt er nicht!

Ja, das wollte sie tun, ganz gewiß; recht treu und redlich ihre Pflicht erfüllen, und dann würde der liebe Gott ja gewiß auch alles so gehen lassen, wie es jetzt geplant war – den Sommer der Großmutter noch tüchtig helfen, den Winter über ins Nähen gehen, und im Frühjahr, jetzt gerade in einem Jahr, ging's dann hinüber in das Zauberland zu den fernen Lieben und vor allem zu dem Mariele!

Schleunigst holte Hanne diese Gedanken wieder zurück, – heute wollte sie an nichts Zerstreuendes denken, und sie faltete fest wieder ihre Hände über dem neuen Gesangbuch. Wie ihr Blick dabei unwillkürlich auf die Großmutter fiel, die so andächtig und ehrbar neben ihr saß, und auf deren Stirn ein so heiliger Ernst thronte, da mußte sie unwillkürlich große Hochachtung vor ihr haben.

Als sie nachher heimkamen und die Großmutter ihre Konfirmantin mit einem prächtigen Kalbsbraten, den sie den Tag vorher in der Stille bereitet hatte, und einem großen Hefenkranz zum Kaffee überraschte, und als diese gar auf ihrem Platze Großmutters schönes Granatnuster fand, das sie ihr zum heutigen Tag zum Geschenk machte, da quoll Hannes Herz über, und mit einem warmen, herzlichen Kuß sagte sie: „Großmutter, du bist aber arg gut! Ich dank' dir halt tausendmal dafür!"

Nachmittags kam der Vetter Andres, und man machte einen Spanziergang auf den Kirchhof. Das war nun freilich wieder gar nicht nach Hanneles Geschmack. Aber heute war's gar so schön draußen, und alles blühte, die Vöglein sangen, und die drei saßen lange auf dem Bänkchen an Großvaters Grab. Und es war merkwürdig – soviel der Vetter auch mit Tod und Sterben zu tun hatte und davon sprach, langweilig war's nie, was er sagte. Einmal wußte er von all den Menschen, die da herumlagen, und die er eingebettet hatte, wie sie gelebt und wie sie gestorben, und dann konnte er einem so schön darlegen, wie's nachher sein werde, wenn nach all den Sorgen und Leiden und Krankheiten auf dieser Erde der Leib zum ewigen Schlaf in sein Grabkämmerlein komme und die Seele befreit in alle diese Himmelsherrlichkeit hinauffahren dürfe. Wenn er dann vom himmlichen Jerusalem, von der güldenen Stadt, vom kristallenen Meer und den schönen Engelschören da oben sprach, dann leuchtete sein altes, runzliges Gesicht so, als hätte er all das in Wirklichkeit schon selber gesehen.

Als Hannele unwillkürlich beistimmte: „Schön muß es dort oben sein, herrlich schön!" da sagte der Vetter schlicht: „Ja, aber Mühe geben muß man sich, Hanne, und manches verleugnen, bis man dahin kommt."

Das alles kam Hanne heute so einfach und natürlich vor. Aber gleich am nächsten Tage kam sie wieder ganz aus dem Gleichgewicht. Nach alter Sitte vereinigten sich die Konfirmanten, Buben und Mädchen, zu einem großen Spaziergang. Alle zogen dazu ihre „Andertagskleider" an, und es wäre schon recht gewesen, und die Großmutter hätte nichts dagegen gehabt, wenn nicht auch hier neue Moden eingegriffen hätten. Erstens putzen sich die Mädchen maßlos heraus und hängten all die Broschen, Nadeln und Armbänder an sich herum, die sie als Geschenke bekommen hatten. Und war man früher in den Wald und auf die Wiese gegangen, wo man Spiele gemacht und schöne Lieder gesungen hatte, so fuhr nun die ganze Gesellschaft mit der Eisenbahn in die Residenz. Wenn es da auch gewiß viel Interessantes zu sehen gab, so wurden die Kinder doch nach allen Seiten hin zerstreut durch Läden, geputzte Leute, Lichtspielhäuser usw. Das paßte der Großmutter nicht, da blieb sie nun fest, als Grete und Karline kamen und nur ganz einfach Hanne abholen wollten. Sie hatte es am Abend vorher der Enkelin schon auseinandergesetzt, daß sie es nicht für richtig halte, und darum sagte sie freundlich, aber sehr bestimmt zu den Mädchen: „Wenn ihr in ein paar Wochen einmal in die Stadt fahrt, so erlaub' ich gern, daß Hanne mitgeht, heute aber nicht."

Hanne selbst fühlte im tiefsten Innern wohl, daß die Großmutter recht hatte, und es war ihr darum peinlich, als die Karline mit vielen Worten sagte, sie wisse doch gar nicht, warum die Frau Aldinger so was für eine Sünde halte. Ihre Mutter sei doch auch eine brave Frau, aber die habe durchaus nichts dagegen.

Die Grete war sogar so keck, daß sie sagte: „Ja, wann sollen wir denn dann unsere neuen Sachen anziehen und zeigen, wenn nicht am andern Tag?"

Das war aber der Großmutter zu viel, und scharf erwiderte sie: „Wenn ihr durchaus paradieren wollt, so ist mir das gleichgültig; die Hanne laß ich nun einmal nicht mit!"

Wenn die Großmutter so war, wagte niemand, ihr zu widersprechen. Aber beim Fortgehen flüsterte Grete doch dem Hannele noch zu: „Wozu hat sie dir denn das schöne Muster geschenkt, wenn du dich nicht darin zeigen sollst?"

Zu Hause zu bleiben brauchte Hanne an diesem Tage nicht: Ritters hatten sie und die Großmutter zu einem Spaziergang in den Wald und dann zum Abendbrot eingeladen. Und die Großmutter hatte vorher Hanne auch noch mit der Nachricht überrascht, daß sie ihr übernächsten Sonntag eine Fahrkarte in die Residenz zahlen wolle, damit sie Lydia besuchen könne.

„Der wird's auch gut tun, wenn sie einen lieben Besuch bekommt", sagte Frau Ritter, und sie erzählte, wie Lydia mehr und mehr angespannt sei durch die Pflege der Tante, und daß der ganze Haushalt auf ihren Schultern ruhe.

Als am Abend – Ritters wohnten nicht weit vom Bahnhof entfernt – die Konfirmantenschar von der Residenz zurückkehrte und so lärmend und nichts weniger als gesittet am Haus vorbeizog, die Mädchen aufgeputzt, die Buben teilweise schon mit brennenden Zigarren im Mund, da schüttelte Herr Ritter betrübt den Kopf über solche Unsitte. Hanne aber fühlte tief im Herzen, daß die Großmutter doch wieder recht gehabt hatte.

ELFTES KAPITEL

Vetter Andres findes die Großmutter „schnaufig", und Hanne festoniert ein rotes Kinderkleid aus. – „Es laufen viele Wässerlein den Bach hinunter!" – Von gepackten Koffern, einer Kiste mit Romanen und einem inhaltsreichen Telegramm. – Warum Philipp sagt: „Die armen, armen Geschöpfe!" und Kathrine nicht mehr gießen kann. – Südwärts!

Brief von Hanne an die Eltern.

Wiesental, im Sommer 19..

Liebe, gute Eltern!

Die Ernte ist nun vorüber. Diese Woche haben wir am oberen Acker geschnitten, und gestern ist alles gut hereingekommen. Mit dem Heu ist's heuer, wie die Großmutter Euch schon schrieb, wieder nicht viel gewesen wegen des vielen Regens. Und für die Bläß werden wir wieder Futter kaufen müssen. Im Garten steht alles schön. Ich wollt' nur, liebes Mutterle, Du könntest unsere Rosen sehen. Ich hab' ein paar von den alten Stöcken im Frühjahr veredelt. Frau Ritter hat mir's gezeigt. Und jetzt haben wir anstatt der kleinen wilden Rosen prachtvolle große. Da muß ich Euch noch etwas erzählen, was ich, glaub' ich, im letzten Brief vergessen habe. Ihr wißt doch, daß die Großmutter mir als Ersatz für den Konfirmationsspaziergang erlaubt hat, nach St. zu fahren. Lydias Tante, der es an diesem Tage ordentlich war, gab ihr ein paar Stunden frei, und es war einfach fein, als wir so miteinander auszogen und das Schloß, die prächtigen Läden und die schönen Gartenanlagen ansahen.

Die Verwandten von Lydia haben hinter ihrem Haus auch einen Garten, und da hat sie mir viel zeigen können. Sie hat mir auch allerlei Ableger und Samen gegeben, und wenn die Großmutter auch manchmal meint, ich gebe mich ein bißchen zu viel mit den Blumen ab, statt mehr mit den Gemüsen, so freut sie sich doch allemal, wenn wieder etwas Neues aufgeblüht ist, und wenn die Frauen vom Dorf beim Vorbeikommen sagen: „So schön wie Ihre Nägele oder Ihre Jelängerjelieber und Rosen gibt's doch keine mehr!" Die Lydia hat's arg schwer. Das muß gräßlich sein, den ganzen Tag lang und auch oft in der Nacht so eine gelähmte Frau, die sich gar nicht rühren kann, zu pflegen! Daneben sorgt sie auch noch für die Kinder, daß sie ihr Sach recht bekommen und ordentlich in der Schule lernen. Ich glaub', ich tät's keine acht Tage aushalten. Aber die Lydia, die ist eben arg brav. Die sagt einfach: „Jemand muß es doch tun!" und dabei sieht sie doch immer ganz vergnügt aus.

Liebe Eltern! Der Großmutter geht es ja im ganzen ordentlich. Aber neulich bin ich doch sehr erschrocken, wie der Vetter zu mir sagte: „Paß auf deine Großmutter auf, sie wird jetzt so alt und schnaufig!" Ihr könnt ruhig sein, ich nehm' ihr ab, was ich kann, und ich glaub', der Vetter sieht auch Sachen, die gar nicht so sind, denn ich merke keinen Unterschied. Wenn wir abends beisammen sitzen, so ist's oft ganz behaglich und nett. Das Essen schmeckt ihr auch immer gut; da fehlt einem doch nichts?

Jetzt vom ersten Oktober an geh' ich ins Nähen und will recht fleißig sein und mir recht viel Mühe geben, damit ich, wenn ich einmal drüben bei Euch bin, nicht nur flicken, sondern Euch auch die Kleider machen kann. Mein Erstes, was ich in Arbeit nehme, ist ein rotes Röcklein für Mariele. Die Frau Lehrer hat mir beim Auswählen des Stoffes geholfen. Ich will Träger daran machen und das Ganze ausfestonieren, dann kann sie's über ihr weißes Hemdchen tragen, mein Mariele, mein liebes, herziges! Wie nur das sein mag, wenn's Spanisch spricht? Am End' kann's dann einmal meine Lehrmeisterin werden. Ach was, jetzt sind's immer noch acht Monate, bis ich reisen darf! Das ist lang und doch kurz. Mit der Großmutter rede ich noch nicht darüber; sie macht solch ein merkwürdiges Gesicht hin, wenn ich davon anfange, dann wird mir das Ganze gräßlich. Und mit dem Vetter Andres, wenn ich ihn dazu bringe, mit mir darüber zu sprechen, wie es sein wird, wenn er in unserm Hause wohnen wird, da will er gar nicht darauf eingehen und sagt nur immer: „Dazu ist noch lange Zeit, und bis dahin laufen noch viele Wässerlein den Bach hinunter." Daß die Christina nun ein bißchen ordentlicher gegen Euch ist, seit sie sieht, wie Du, liebes Mutterle so treulich hilfst, das freut mich sehr. Und daß sie mit dem Mariele jetzt dann und wann ein wenig spielt, dafür möcht ich' ihr nur danken können. Ob's wohl mit dieser Isabella auch einmal anders wird? Wenn die ihren Affen noch immer hat, wenn ich hinüberkomme, dann geh' ich einfach nicht in ihre Nähe. Das ist ja greulich, daß der auch die Tante gebissen hat, so daß sie hat ins Bett liegen müssen! Tat denn der Isabella das nicht schrecklich leid? Aber furchtbar gelacht haben wir darüber, wie der Jocko sich in der Speisekammer festgesetzt hat, und wie die Mapucha drei Tage lang nicht hat hinein können, weil er beim Öffnen der Türe sofort die Zähne fletschte und ihr auf den Rücken springen wollte. Der hätt' ich es gegönnt, wenn sie ein bißchen gebeutelt worden wäre.

Und nun Schluß! Bleibt alle gesund und behaltet lieb

Euer treues

Hannele.

Viel Wässerlein liefen den Bach hinunter, wie Vetter Andres sagte. Das Wiesentalbächlein floß im Sommer durch Wiesen mit bunten Blumen und gelbe Kornfelder. Es floß im Herbst zwischen Stoppelfeldern und im Winter fror es ein. Und die Raben und Krähen spazierten darauf, wenn nicht am Sonntag die Dorfjugend Schlittschuh lief und sie verscheuchte. Das Bächlein taute wieder auf, und Maßliebchen und Vergißmeinnicht blühten an seinem Rand. Der Storch stelzte auf den Wiesen herum, und der Kuckuck schrie im Walde.

Hannes Nähzeit war vorüber. Sie hatte sie redlich ausgenützt, und nun rückte unaufhaltsam der erste Juli heran, wo das Schiff abging, das Hanne nach drüben bringen sollte. Mancher Brief war hin und her gegangen. Der letzte war vom Onkel, der schrieb, daß Hanne sich einer ihm bekannten Familie in Hamburg anschließen könne, und so wie bei der Eltern Abreise war auch der Agent wieder beauftragt, für das Geschäftliche zu sorgen. Auch von Philipp war nun eine Geldsendung für die Großmutter gekommen. Hundert Mark, ein Beitrag zum Abzahlen der Zieler. Er schrieb, daß er nun seinen ersten Gehalt bekommen habe, und daß er hoffe, künftig sein Versprechen halten zu können. Freilich rate ihm der Onkel, er solle soviel wie möglich zurücklegen, um sich mit der Zeit auch etwas Land zu kaufen und dadurch vorwärts zu kommen. Denn bis jetzt habe er eigentlich noch keinen Nutzen vom Auswandern gehabt, hingegen mehr Mühe und Last.

Nun das Fortgehen Gestalt gewann, wurde es Hanne doch manchmal recht bang zumute, und die goldenen Luftschlösser, die sie gebaut, wollten nicht immer standhalten. Zwar waren die Kameradinnen voller Neid, als Mutter einmal schrieb, Hanne werde sofort ein eigenes Pferd bekommen und müsse gleich reiten lernen, das brauche man notwendig da drüben. Aber gerade davor hatte Hanne eigentlich gräßlich Angst, denn sie liebte Gäule gar nicht. Selbst bei der Bläß, der guten, braven, war's ihr immer eine Überwindung, zu ihr in den Stand hineingehen und die Streu wechseln zu müssen. Auch sonst etwas, das sie nun schon seit einigen Monaten betrieb, fiel ihr nicht leicht. Das war das Erlernen der spanischen Sprache. Vater hatte geschrieben, sie solle das nur vorher tun. Lehrer dafür gab es natürlich in Wiesental nicht. So suchte Hanne aus einem deutsch-spanischen Buch heraus zu lernen, was aber recht schwer und mühsam war. Und noch etwas anderes, – wie nur das kam? Auf einmal fühlte Hanne so recht von innen heraus, wie lieb sie doch eigentlich die Großmutter habe, und welch schweres neues Opfer diese bringe, sie wegzugeben. Wer blieb denn da eigentlich noch im lieben Häuslein außer den zwei Alten? Und je mehr Hannes lebhaftes Temperament dazu neigte, sich auszusprechen und auch zu klagen, wenn ihr etwas schwer fiel, desto mehr mußte sie jetzt die

Großmutter bewundern, wie diese so still und groß alles trug. Die Großmutter wurde auch immer lieber und immer milder mit ihr, und wie's ans Einkaufen für drüben ging, da hatte sie gar nimmer drein geredet und nur gesagt: „Fahr zur Lydia in die Stadt und bitte sie, daß sie alles mit dir besorgt. Sie wird wissen, wie's recht ist. Und recht sollst du alles haben."

Mitte Mai zog der Vetter Andres mit seinen Habseligkeiten in die obere Stube. Es wäre Hanne eine Wohltat gewesen, mit ihm wenigstens über allerlei zu sprechen, aber er ging durchaus nicht darauf ein.

„'s ist noch alleweil zu früh dazu – kommt Zeit, kommt Rat!"

Herr und Frau Ritter versprachen Hannele, möglichst oft nach der alten Frau zu sehen. Daß es ihnen bang um diese war, verbargen sie vor der Enkelin; es war ja jetzt doch nichts mehr zu machen. Aber bei Frau Ritter konnte Hanne sich doch Rat holen, und mit ihrer Hilfe richtete sie für die Großmutter im voraus die Winterkleider, putzte noch das ganze Häuslein von oben bis unten und setzte den Garten in einen möglichst guten Stand.

Hannes Garten! Von ihm und all ihren lieben Blumen, Früchten und Ablegern zu scheiden, fiel ihr ganz besonders schwer, und sie sagte immer wieder: „Gelt, Onkel Andres, du hälts das Immergrün und den Efeu schön nieder? Gelt, du paßt mir auf die Rosen auf, daß sie im Herbst bald genug unter die Erde kommen? Und gelt, du nimmst meine schönen amerikanischen Ableger ins warme Zimmer und pflegst sie den Winter gut?"

Vetter Andres nickte nur mit dem Kopf und sagte: „Woll, woll! Das wird sich alles schon machen!"

Und die Großmutter? Hatte diese vielleicht früher zu ihrem innigen Bestreben, das ihr anvertraute Kind dem guten Hirten zuzuführen, manchmal ein bißchen zu viel geredet, so wurde sie jetzt stiller und immer stiller. Dafür faltete sie aber um so öfter die Hände, und mit treuer Liebe ruhten ihre Augen auf der Enkelin. Gottlob, daß die Kathrine Hilfe bekam! Sie selber wollte gern ihr Opfer bringen! –

Auf der Pampa fing die Regenzeit an. Langsam begann es zu rieseln, stärker und stärker wurde es. Und nun goß es vom Himmel seit einer Reihe von Tagen, und die Bewohner der Estancia Schwaben waren genötigt, daheim zu bleiben. Kathrine sorgte sich für das Vieh draußen, ob ihm das nasse Futter nicht schaden würde. Die Bläß daheim hätte ja am ersten Tag schon gräßliches Leibweh bekommen. Aber der Onkel lachte und sagte: „Die Tiere hier sinds härter gewöhnt, und die Nässe tut ihrem dicken Fell nichts."

Das Leben auf der Estancia war nun anders als im Sommer. Die Männer machten allerlei Gerätschaften, wobei Philipps Kenntnisse ihm sehr zustatten kamen. Schäden an den Gebäuden wurden ausgebessert, vom Felle der Ochsen wurde Riemenzeug gemacht, und die Weiber spannten und webten bunte Teppiche.

Donna Elvira und ihre Töchter waren nicht sehr guter Laune, besonders in den Tagen, wo die letzteren gar nicht ausreiten konnten. Von einer Leihbibliothek aus Buenos Aires hatten sie sich eine Kiste Bücher kommen lassen, meist Romane, die auch die Mädchen verschlangen, wobei sie sich eine Zigarette nach der anderen anzündeten. Dazwischen hinein klimperten sie auch ein bißchen Klavier, und Tante hatte ab und zu einen großen Tätigkeitstrieb, der sie in jede Ecke des Hauses und in jeden Milchtopf gucken ließ. Dann wieder zog sie einen ihrer buntseidenen „Teagowns" an, vornehme, mit Spitzen besetzte Gewänder, in denen sie sich auf das Liegesofa warf und etwaige Besuche erwartete, die aber bei dem schlechten Wetter sehr selten waren.

In Philipps und Kathrines Behausung sah es zwar auch trotz der nun viel besseren Einrichtung recht trübselig aus, aber die beiden, besonders Kathrine, waren vom frohen Erwarten erfüllt, denn nur noch ein paar Monate, und sie durften ihr Älteste, ihr Hannele, hier erwarten. Kathrine brachte den Mund nicht mehr zusammen, wenn sie daran dachte. Dann würde sie jemand haben, mit dem sie so recht wieder von daheim reden könnte. Dann würde sie eine kräftige Hilfe bekommen, und dann war vor allem jemand da, der über die Kinder wachte und sie auch unterrichten konnte.

Daß diese nun so oft besprochene „Base Hanne", wie Isabella und Christina statt des ihnen so fremden Wortes Hannele sagten, nun wirklich kommen sollte, das war den beiden doch recht interessant. Und gerade jetzt, in dieser langweiligen Zeit, würde es doch etwas anderes, etwas Neues sein. Aus diesem Grunde, aus Langeweile, gingen sie jetzt beide auch öfters zu Werners hinüber, und aus Langeweile brachte Christina auch irgendeine Arbeit mit. Sie fand nach und nach, daß Stricken und Häkeln doch nichts so Übles sei. Isabella tat noch immer, als wäre alles derartige weit unter ihrer Würde. Als sie aber an Kathrine einen kleinen Spitzenvorstecker sah, – Durchzugarbeit auf Tüll, den diese von Lydia erhalten hatte, – da bekam sie plötzlich Lust zu so etwas. Spitzen zu einer Bluse zu machen, das hatte doch eher einen Zweck, und sie sagte, Kathrine solle schreiben, daß die Hanne ihr solches Zeug mitbringen solle, dann wolle sie auch einmal das Nähen versuchen.

Über Hannes Kommen wurde überhaupt jetzt viel gesprochen. Besonders wichtig war den Basen, ob sie hübsch sei oder nicht, ob sie singen könne (das konnte Hanne zum Glück), ob sie wirklich gelernt habe, Kleider zu machen, und man solle ihr doch schreiben, daß sie gewiß die neuesten Modezeitungen mitbringe. Wenn Kathrine von drüben erzählte, so hörte auch Isabella gnädig zu, und Christina sagte des öfteren: „Wenn Vater mit seinen Unternehmungen Glück hat und wir vollends erwachsen sind, so macht er mit uns eine Reise nach Europa, und wir werden natürlich dann auch nach Wiesental gehen." Christina hatte sich nun auch wirklich mit Mariele angefreundet, seit diese sich einmal an sie angeschmiegt, ihr die Hand gestreichelt und gesagt hatte: „Tina lieb! Tina Tußele deben!" Da hatte sie die Kleine, die gerade zu ihrer Beruhigung frisch gewaschen worden war, auf den Schoß genommen, und als Mariele mit ihren lieben Augen sie dann so lieb ansah, ihr die Ärmchen um den Hals legte und sie mit ihrem frischen, roten Mündchen küßte, da war die Freundschaft geschlossen, und es war Kathrine oft fast zu viel des Guten, wenn Christina von da an nie kam, ohne dem Mariele Schokolade und Zuckerwerk und Leckereien aller Art zu bringen. Der Peter stand da manchmal recht neidisch in einer Ecke und pfiff leise vor sich hin. Als es ihm einmal zu bunt wurde, weil er nichts bekam und das Schwesterlein alles, da sagte er unwirsch: „Da geh' ich lieber zum Jocko und guck dem zu!"

Das aber gefiel Isabella, und sie stand auf und ging mit dem Kleinen hinaus; ihren Affen, ihren Liebling, durfte sie ja zu ihrem großen Schmerz nicht mehr ins Haus bringen.

Daß Peter stundenlang vor Jockos Kiste mit Drahtgitter kaute und sich an seinen Sprüngen und Grimassen belustigte, das freute sie. Und wenn sie auch wie Christina noch nicht gelernt hatte, ihre Zuneigung durch Schenken zu zeigen, so tätschelte sie den Buben doch gnädig auf seinen Blondkopf und sagte: „Du gefällst mir, weil dir Jocko gefällt."

Onkel Joseph kam auch manchmal in der Dämmerung herüber, brachte irgendeine neue Zeitung oder erkundigte sich, ob Werners Nachricht von daheim hätten. Neuerdings, als die Regenzeit aufhörte, hatten die beiden Männer auch eifrig über die geplante Kultivierung des Bodens zu sprechen. Die Probeäcker keimten und trieben prächtig. Und nun sollten noch größere Teile der Pampa zum Anpflanzen ausgerodet werden. „In zwei Jahren", sagte der Onkel Joseph, „wird Philipp von seinem bis dahin zurückgelegten Geld ein kleines Land mit etwas Vieh kaufen, und dann wird er sehen, daß es der Mühe wert war und sich lohnte herüberzukommen."

Heute war Kathrine in glückseliger Stimmung. Es war

ein Brief, wenn auch ein kurzer, von Hanne gekommen, worin sie die Einkäufe mit Lydia schilderte wie den Einzug von Vetter Andres. Sie beschrieb ihr auch, wie sie möglichst für Großmutters Bedürfnisse vorher sorge, und Kathrines Herz war ordentlich erleichtert, daß Hanne schrieb, die Großmutter scheine ihr Fortgehen auch gar nicht mehr so schwer zu nehmen, wenigstens habe sie sie in der letzten Zeit gar nicht mehr weinen sehen.

Und nun waren wieder vier Wochen, seit dieser Brief geschrieben worden, vorübergegangen, und jetzt werde sich, so rechneten die Eltern miteinander aus, Hanne in wenigen Tagen einschiffen. Alles war vorbereitet, Kathrine hatte ihr noch geschrieben, sie solle doch gewiß auch in Hamburg die brave Frau Wirtin aufsuchen und ihr danken, daß sie damals so gut geraten habe. Daß Hanne auf dem Schiff zweiter Klasse mit der Herrschaft fuhr, war ihrer Mutter eine große Beruhigung, und noch mehr, daß Onkel Joseph gerade um diese Zeit, wenn das Schiff ankam, einen Geschäftsritt nach Buenos Aires machte und Hanne dadurch unter seiner Obhut den Ritt hierher machen konnte. Den Kindern erzählte sie alle Tage, wie es sein werde, wenn die Schwester komme, was auf Peter immerhin einen Eindruck machte, denn er erinnerte sich doch noch an manches von drüben. Das Mariele wußte natürlich gar nichts mehr, aber die Mutter sprach ihr beständig von ihrer „Ann-Ann“, die sie so lieb habe, und der sie gleich viele, viele Küßlein geben müsse, und die ihr gewiß auch was recht Schönes mitbringe.

Da fragte die Kleine jeden Tag: „Kommt sie heut’, die

Ann-Ann?“ und morgen wieder: „Kommt sie heut?“

Warum das nur so ist, daß wenn wir uns im Leben ganz besonders auf etwas freuen, der liebe Gott oft nichts daraus werden läßt, so daß wir gar manchmal glauben könnten, unser himmlischer Vater habe uns nicht so lieb wie ein irdischer Vater, der doch die Wünsche seiner Kinder, so viel er kann, zu erfüllen sucht? Wir wissen am Anfang selten eine Antwort auf solches Warum. Aber dann kommt oft eine Zeit, wo wir schon hier auf dieser Erde sehen dürfen, daß er es dennoch treu und gut mit uns gemeint hat.

Als Philipp und Kathrine mit viel Liebe und Mühe einen kleinen Nebenraum zu einem Stübchen für Hanne eingerichtet hatten, – selbst Tante Elvira spendete dazu ein kleines, abgedientes Sofa, und die Mädchen gaben eine Tischdecke, Tintenzeug und etliche Bilder zur Ausschmückung her – als Kathrine im Garten schon die Blumen sich ansah, die sie zum Empfang zu einem Strauß schneiden wollte, und als Juan sein und Onkel Josephs Pferd sattelte, denn er durfte mit, da zeigte sich am Horizont der Pampa ein Reiter. Er kam näher und näher, und als er hielt, überreichte er dem Onkel einen Expreßbrief. Der las ihn und gab ihn dem bei den Zurüstungen zuschauenden Wernerschen Ehepaar. „Da“, sagte er mit einem Gesicht, das gleichgültig aussehen sollte, das aber doch bewegt war. „Da lest! – Es sind keine guten Nachrichten!“ Als Philipp erregt das Papier in die Hand nahm und es dann seiner Frau zu lesen gab, da war’s den beiden, als sei plötzlich vor ihnen ein schönes, helles Licht, in dessen Schein sie sich schon lange Tage gesonnt hatten, erloschen. In dem Brief standen nur die paar Worte:

Wiesental, Juli 19..

Großmutter hat einen Schlaganfall gehabt. Hannes Abreise ist deshalb unmöglich. Weiter kann man jetzt nichts denken! Brief folgt.

Euer betrübter Vetter Andres.

Brief von Herrn Ritter an Philipp Werner in Argentinien.

Werter Herr Werner!

Mit betrübtem Herzen schreibe ich Ihnen und Ihrer Frau und teile Ihnen das Nähere mit über das, was Sie ja schon erfahren haben. Vor allem darf ich Ihnen sagen, daß der Anfall, den Ihre liebe Mutter hatte, gottlob nicht zum Tode ist, sondern daß der Arzt alle Hoffnung gibt, daß sie sich mit der Zeit wieder erholt. Aber daß diese Erholung lange währen kann, und daß die liebe alte Frau treuer Pflege bedarf, das kann ich Ihnen nicht verschweigen. Und so werden Sie wohl mit uns allen, die wir so innigen Anteil an Ihrem und der Ihrigen Geschick nehmen, darin übereinstimmen, daß jetzt nicht der richtige Augenblick ist, unser liebes Hannele von hier fortziehen zu lassen. Doch da wir wissen, wie nötig Ihnen die Tochter auch dort wäre, so wollen Vetter Andres und ich nicht die Verantwortung auf uns nehmen, endgültig zu entscheiden, und wir haben deshalb nach ernstem Hin- und Herüberlegen gefunden, Hanne, die nun beinahe erwachsen ist, müsse da selber ihren Entschluß fassen. Das arme Kind dauert uns in tiefster Seele, denn es war wahrhaftig nicht leicht für sie, auf solch schöne, ganz naheliegende Pläne zu verzichten. Hanne war allein mit der Großmutter gewesen, als diese plötzlich ohnmächtig und auf der linken Seite gelähmt wurde. Obwohl wir alle bald bei der Hand waren und auch gleich der Doktor kam, hatte Hannele den ersten großen Schreck doch allein durchzumachen, und das hat ihr natürlich einen großen Eindruck hinterlassen. Die Sprache, die Ihre liebe Mutter für ein paar Tage verloren hatte, kommt nun langsam wieder, und einer der ersten Sätze, die sie sagte, war: „Hanne gehen!... Nicht wegen mir bleiben! Nicht wegen mir bleiben!" Aber gerade das hat Hanne so gerührt, wie auch der Umstand, daß man eben doch nicht wissen kann, wie ein solcher Zustand sich wendet. Und so hat uns das liebe Kind gestern abend, wenn auch unter viel Tränen, so doch mit rührender Festigkeit erklärt, sie vermöge jetzt unmöglich von der Großmutter wegzugehen, sie fühle, daß das ein Unrecht wäre. Und auch die Mutter würde wahrscheinlich sagen: ‚Bleib!' Ich gestehe, daß wir auch der Ansicht sind, daß Hanne das Richtige getroffen hat, und so schwer es für sie ist, in solch jungen Jahren schon Opfer um Opfer bringen zu müssen, so wird der Segen Gottes dafür nicht ausbleiben.

Wir haben vorderhand für die Nacht eine Krankenschwester. Allein würden Hanneles Kräfte ja doch nicht ausreichen, wenn auch Vetter Andres treulich beim Heben und Legen hilft. Wie es später wird, müssen wir abwarten. Hanne läßt Sie durch mich einstweilen innig grüßen, und sie könne im jetzigen Augenblick nicht schreiben. Im ganzen findet sie sich bis jetzt rührend in die Vernichtung ihrer Pläne. Nur um ihr Mariele sorgt sie sich immer wieder von neuem, daß das eben nun auch fürder ohne Aufsicht sei.

Wir denken oft an Sie alle und hoffen von Herzen, daß ihre Bemühungen und Ihre Arbeit eine gesegnete sein mögen.

In herzlicher Anhänglichkeit

Ihr Jakob Ritter.

Über der argentinischen Pampa brütet die Sonne, sie scheint gleichmäßig über die unendliche, von einem Horizont zum andern reichende Ebene. Nichts als Gras und Hügel, hie und da nur ein einzelnes niedriges Haus oder eine Hütte. Es ist nicht mehr der Kamp, auf dem wir vor zwei Jahren die Familie Werner zuletzt verlassen haben. Werners wohnen schon seit einem Jahr nicht mehr auf der Estancia Schwaben, sondern in einer neu errichteten, womöglich noch einfacheren Hütte, mehrere hundert Meilen südwärts. Noch einsamer, noch stiller ist es hier! Die einzige Nachbarschaft sind die Hütten etlicher Indianerfamilien. Bei Werner selber wohnen ein paar italienische Arbeiter, die Philipp bei einer Übersiedlung sich mitgenommen hatte.

Als damals das Telegramm und nachher die Berichte über der Großmutter Zustand kamen, da war's Kathrine zumute gewesen, als gebe es jetzt gar nichts mehr zum Freuen auf dieser Welt. So sehr hatte sie sich schon monatelang voraus in Hanneles Kommen eingelebt, und wie es dann so schön für sie sein würde. Auch die Sorge um die Mutter daheim verfolgte sie. Als sich deren Zustand in die Länge zog, da war's Kathrine selber, die sagte, unter keinen

Umständen dürfe die Kranke allein gelassen werden, Hannele gehöre zu ihr.

Auf den nassen Winter damals war eine lange andauernde Hitze gefolgt, die alles ausdörrte, nicht nur die Sträucher und die Gräser auf der Pampa, sondern es kam ein Augenblick, wo auch die Bäche und Flüsse eintrockneten. Das ist's was die Bewohner dieses Landes am meisten fürchten. Immer wieder ritt Philipp mit Onkel Joseph hinaus, um nach den Herden zu sehen, die jetzt schon schwer an Wassermangel litten. Onkel Josephs Gesichtsausdruck wurde von Tag zu Tag trüber und schließlich verzweifelt. Überall herum, im weiten Bogen, suchten die armen Tiere Wasser und fanden keines. Weithin drang das Brüllen der Herden, das Blöken der Schafe. Es lag in keines Menschen Macht, hier zu helfen, und es kam ein Tag, wo auch die spärlichen Quellen versiegt waren. Und da, als die beiden hinausritten, da war's als ob sich ein Schlachtfeld vor ihnen ausbreitete. Noch nach Jahren war es Philipp, als ob er diesen Eindruck nie überwinden könne. Ganz tote und halb sterbende Tiere lagen in dichten Haufen beisammen, dazwischen irrten, kläglich schreiend, blökend und suchend, noch einzelne junge Tiere herum, die der Not am längsten widerstanden hatten.

„Ist denn da um Gotteswillen gar nichts zu machen?" fragte Philipp. Aber der Onkel wendete nur sein Gesicht ab, und ohne weiter ein Wort zu sprechen angesichts dieses schrecklichen Unglücks, ritten beide wieder zurück.

Auch auf der Estancia sah es trostlos aus. Wohl lieferten die Ziehbrunnen hier noch gerade so viel Wasser, als zum täglichen Bedarf notwendig war. Verzweifelt ging Kathrine immer wieder in ihren Garten hinaus, der nun schon seit Tagen nicht mehr gegossen werden konnte, und langsam sah sie all das so mühsam Gepflanzte und Gepflegte zugrunde gehen.

Philipp war nach diesem letzten Ritt zu den Seinen hereingekommen und hatte sich auf die Bank geworfen. Sein Kopf sank schwer vornüber, und er stützte ihn mit beiden Händen.

„'s ist ein furchtbares Unglück", sagte er. „Diese armen, armen Geschöpfe! Und außerdem fürchte ich, daß das jahrelange Mühen und Arbeiten der Verwandten umsonst war. Das sind Verluste für den Onkel, die er nur schwer verwinden wird."

Kathrine hatte sich an den Tisch zu ihrem Mann gesetzt und ließ sich noch das weitere berichten.

„Was soll nur aber auch daraus werden?" jammerte sie. „Wenn's noch ein paar Wochen so weiter geht, so müssen wir ja alle samt und sonders verdursten." Und da war's, daß sie sich zum erstenmal Philipp gegenüber gehen ließ und in den klagenden Ruf ausbrach: „Ach, wären wir daheim geblieben! Ach, wie viel besser und leichter hatten wir es damals!" und sie fing an bitterlich zu weinen.

Philipp sagte nichts, denn er mochte wohl Ähnliches empfinden. Wie war er so stolz gewesen, als ihm der Onkel ein etwa hundert Morgen großes Land verkauft hatte und er darauf seine eigene Herde von Schafen hielt! Auch dort war alles dahin, und Kathrine, die sich nun wieder etwas gefaßt hatte, sagte mit trockener Stimme: „Jetzt können wir eben alle wieder von vorne anfangen!“

Wohl hatte sich nach etlichen Tagen der ersehnte Regen eingestellt, wohl sproßte und grünte es in kurzem wieder auf der Heide, und in ihrem frischesten Kleide war sie neu erstanden. Fast all das Lebende auf ihr war aber der Verwesung anheimgefallen, und tagelang trug der Wind all die üblen Gerüche von weit her zu den Wohnungen, bis das riesige Leichenfeld sich wieder mit Gras bedeckte und nur noch von der Sonne gebleichte Knochen umherlagen.

Onkel Josephs Verlust war gewaltig. Nicht oft kommt so ein großes Unglück vor, aber wen es von den Estanciabesitzern trifft, dessen Vermögen ist dahin, denn es besteht zumeist doch in den großen Herden.

Was jetzt? Donna Elvira war zuerst verzweifelt und raufte sich die Haare, und die Mädchen faßten anfangs noch nicht einmal den ganzen Umfang dessen, was sie betroffen. Als es aber hieß: „Nun müssen die schönen Pariser Möbel und Kleider verkauft und der Schmuck hergegeben werden!“ als nach der Händler Fortgang das Haus so leer und öde dastand, nur noch mit dem Nötigsten drin, und als der Vater sagte: „Nun kann ich euch kein Geld mehr geben, außer für das Allernötigste, nun heißt's für uns alle wieder von neuem arbeiten und sparen!“ da war Christina die erste, die den Kopf mit den dunklen Locken zurückwarf. Als ob sie das Schicksal trotzig bezwingen wollte, sagte sie: „Buon! Dann machen wir's eben so! Was andere können, das können wir auch!“

Isabella war vor einiger Zeit zu einer Freundin nach Buenos Aires gereist, und man ließ sie dort. Wäre sie doch diejenige gewesen, die sich am schwersten in den Umschwung der Verhältnisse gefunden hätte.

Merkwürdigerweise fügte sich auch Donna Elvira in das veränderte Leben, aber erst, als sie einsehen mußte, daß gar nichts anderes mehr zu machen sei. Sie war ein Kind des Landes und wußte, daß oft ebenso rasch auch wieder ein Glücksumschwung eintreten konnte. Mit ihrer ganzen leichtlebigen Natur hoffte sie auf diesen und fing nun wieder an, in Küche und Haus herumzuwirtschaften in einer noch viel abgetrageneren Jacke als vorher. Sie trug sie nun den ganzen Tag, denn einmal hatte man die Staatsgewänder ja fortgeben müssen, und dann kamen augenblicklich auch keine Besuche, nur etwa solche, denen es ebenso gegangen war wie den Bewohnern von „Schwaben".

Ganz schlecht stand es mit Onkels Vermögen ja auch noch nicht. Er hatte immerhin noch Kapital auf der Bank in Buenos Aires liegen. Das Land war und blieb ja sein eigen, damit mußte nun frisch gewirtschaftet werden.

Aber was geschah nun mit Werners? Eigentlich hätte der Onkel augenblicklich keinen Verwalter gebraucht. Es war ihm auch nicht möglich, Philipp für den Augenblick Gehalt zu geben. Aber ein neuer Plan tauchte auf, und den hatte hauptsächlich Philipp in Anregung angebracht. Man mußte suchen, der Pampa mehr abzugewinnen, und da der Versuch mit den Probeäckern, abgesehen von diesem alles vernichtenden Fehljahr, gelungen war, so lohnte es sich wohl auch, weitere Strecken urbar zu machen und zu bebauen. Eine Kleinigkeit war das nicht. Das Gestrüpp war so dicht verwachsen, der Boden so steinig und uneben, der

Arbeiter waren es im ganzen so wenige, aber trotzdem ging man ans Werk. Als eine Ackerlänge nach der andern glücklich urbar gemacht war, da lohnte es sich, weitere Arbeiter kommen zu lassen. Es waren dies meist Italiener. Das umgegrabene Land wurde mit Weizen und Mais bebaut, und wo Heide und Steppe geblieben, da stellten sich auch nach und nach wieder spärliche Tierherden ein.

Der Onkel hatte weit unten im Süden einst auch noch Land eingekauft, das bis dahin noch gänzlich unbebaut und in wildem Zustande dalag. Nun mußte alles ausgenützt werden. Aber die Entfernung war gar zu groß und Don José konnte jetzt gerade am allerwenigsten seinen bisher gewohnten Besitz verlassen. Doch Onkel Joseph war klug und unternehmend, und mißriet das eine, so mußte etwas anderes wieder gelingen, und darauf baute er einen neuen Plan.

ZWÖLFTES KAPITEL

Warum Philipp nicht zurück will. – Hanne weiß nun, warum sie ein Opfer gebracht hat. – Karline kann keine Kranken sehen, und Lydia gibt einen Rat. – Mariele und der gelbe Hund. – Ein großer Entschluß.

Kathrine saß eines Abends damals todmüde, denn es galt ja, den Garten wieder in einen nur annähernd ordentlichen Zustand zurückzuversetzen, an ihrem Tisch. Die beiden Kinder lagen zu Bett, und sie gönnte ihren fleißigen Händen einen Augenblick Ruhe. Sie tat das nicht oft, denn sowie sie nichts arbeitete, kamen die schweren Gedanken, die Sehnsucht nach Mutter und Kind, nach den gesicherten Verhältnissen in der Heimat.

Da war Philipp in die Stube getreten, und sie hatte ihm gleich angesehen, daß er etwas Besonderes zu sagen hatte. „War der Onkel noch nicht da?“ fragte er kurz und hängte den Hut an seinen Nagel.

Gleich darauf kam dieser, und mit einem kurzen „Buenos dias!“ setzte er sich breit und schwer an den Tisch. Und nun kam's, was er den beiden vorzuschlagen hatte. Mit wenig einleitenden Worten sagte er, wie Philipp und Kathrine sich zu seiner Zufriedenheit eingelebt hätten, wie er aber jetzt eben durchaus nicht in der Lage sei, ihnen hier das zu halten, was er versprochen habe. So schlage er ihnen vor, ihren Wohnsitz hier abzubrechen und sich auf der südlich gelegenen kleinen Estancia festzusetzen. „Dort brauche ich nun jemand Zuverlässigen“, fuhr er fort. „Dort ist ein Boden, mit dem etwas zu machen ist. Und wenn's gelingt, so könnt ihr euch besser als hier oben mit der Zeit etwas Eigenes erwerben und damit wirtschaften. Mir liegt hauptsächlich daran, daß jemand dort ist, der in meinem Namen gleichsam Besitz ergreift und in meinem Sinne wirtschaftet und waltet.“

Ganz entsetzt schaute Kathrine den Onkel an. Also auch von hier sollten sie wieder fort und noch weiter, immer weiter in dieses fremde Land hineingeschoben werden, wo sie dann ganz allein wären? Es ward Kathrine plötzlich so furchtbar schwer zumute, daß sie zu schluchzen anfing und gar kein Ende mehr fand.

Auch auf Philipp fiel's schwer herein. Als aber der Onkel, dem dieser Vorschlag nicht leicht viel, sich abwendete und sagte: „Nun gut, wenn ihr nicht wollt, dann muß ich eben suchen, euch für das zu entschädigen, was ihr hier verliert, und euch die Rückreise nach Europa wieder zu zahlen. Anders weiß ich euch und mir nicht zu helfen!"

Da war Philipp aufgesprungen und hatte gesagt: „Nein, nein, unter keinen Umständen will ich das! Ihr sollt in der jetzigen schweren Zeit keine Unkosten mit uns haben, und ich nehme deinen Vorschlag an."

Daß der Hauptgrund dieses Entschlusses bei Philipp war, nur nicht so gleichsam gestrandet nach Hause zurückkehren zu müssen, das fühlte auch Kathrine heraus. Und so war's gekommen, daß Werners mit den Kindern ein paar Monate darauf wiederum einen großen Ritt antreten mußten, fast so groß wie damals, und daß sie von neuem ganz klein anzufangen hatten. Nun erschien Kathrine die erste Wohnung wieder wie ein Paradies, und das Wenige, das sie hatten mitnehmen können, war genau so dürftig wie vor vier Jahren bei ihrer ersten Ankunft. Und kein helfender Juan war im Hintergrund und fast keinerlei Gelegenheit zum Einkaufen.

Aber einen Reiz und Vorteil hatte doch die neue Heimat, und das war, daß Philipp und sie hier ganz ihre eigenen Herren waren. Keine Mapucha war da, die ihr das Leben sauer machte, keine Tante Elvira, die bei allem dreinredete, keine wilden Basen, die ihr die Kinder verzogen, sie einmal halb zu Tode fütterten und sie dann wieder nicht leiden mochten. Und doch vermißte Kathrine oft sehr die Verwandten; es waren doch Menschen gewesen, mit denen man hatte reden können, und der Onkel Joseph war ein Stück von der Heimat und hatte auch immer so gern mit ihnen von dort gesprochen.

Die Indianerfrauen, die in einigen nicht weit entfernten Hütten wohnten, hatten noch wildere Gewohnheiten, als die zu Onkels Estancia gehörenden. Aber sie waren auch weniger verschlagen und aufrichtiger. Als Kathrine nach und nach ein bißchen ihre Sprache verstehen gelernt, hatte sie auch mancherlei Hilfe von ihnen wie auch an etlichen Frauen der italienischen Arbeiter. Was aber Philipps und Kathrines Herz am meisten erleichterte, das waren die Nachrichten von daheim, die seit einiger Zeit wieder viel besser lauteten. Damals, als die Nachricht von Großmutters Erkrankung gekommen war, wußte man ja gar nicht, wer einen mehr dauerte, die Großmutter oder das junge Hannele, auf dem schon so viel lag. Aber Vetter Andres sowohl wie auch Herr und Frau Ritter hatten dem Kind treulich zur Seite gestanden, und Herr Ritter schrieb einmal:

„Unter dem schweren Druck entwickeln sich unserer Hanne gute Eigenschaften ganz sichtlich. Auch ist das Verhältnis zwischen Großmutter und Enkelin, das durch kleine Äußerlichkeiten früher manchmal gestört war, nun ein rührend gutes geworden, und Hanne wird vollauf belohnt für ihre Aufopferung durch der Großmutter rührende Dankbarkeit und Liebe zu ihr."

Ja, Hanne tat, was sie konnte, und die Freunde sorgten auch redlich dazwischen hinein für Erholung und Zerstreuung, um was die Großmutter für ihre junge Pflegerin immer flehentlich bat.

Doch eine andere Sorge erhob sich immer drohender, das war der Mangel an Geld. Onkel Andres schaffte auf dem kleinen Anwesen, wie wenn es sein eigenes wäre, aber der Ertrag reichte gerade zum Leben, und es mußten doch immer wieder Abzahlungen geleistet werden. Und nun kamen noch die teuren Doktor- und Apothekerrechnungen hinzu. Was war da zu machen? Hannele fühlte, daß das so nicht weitergehen könne. Das junge Mädchen war jetzt achtzehn Jahre alt, und ihr Schicksal hatte sie tatkräftig gemacht. Mit ihren Schulkameradinnen kam sie jetzt nicht mehr oft zusammen. Die Grete war Ladenfräulein in der Stadt geworden, und die Karline erklärte, sie könne keine Kranken sehen. Da war's nun eine große, große Freude für Hanne, als im letzten Frühjahr Lydia, allerdings nur für ein Vierteljahr, nach Hause kam, und zwar als glückliche Braut. Sie hatte sich mit dem Gärtner, der den Garten ihrer Verwandten besorgte, verlobt, und sie wollten nun eine eigene Gärtnerei in der Residenz gründen. Mit Lydia konnte Hanne alles besprechen, und ihr sagte sie auch von ihren Sorgen.

Die beiden Freundinnen saßen eines Tages unter dem Apfelbaum, etwas abseits von der Laube, in der Großmutter, wohl eingebettet in ihrem Lehnstuhl, ihr Nachmittagsschläfchen hielt. Nachdem Hanne der Freundin ihre Lage auseinandergesetzt hatte, seufzte sie und sagte aus tiefster Seele: „Wenn ich doch nur etwas verdienen könnte!“ Da war freilich nicht so leicht zu raten, und Lydia sah nachdenklich vor sich hin. Aber plötzlich flog ein Freudenstrahl über ihr Gesicht, und sie packte die Freundin am Arm. „Hanne, Hanne, ich weiß etwas! – Hanne, wenn das gelingen würde!“ Und zuerst noch etwas zaghaft, dann aber immer zuversichtlicher legte sie ihr den Gedanken nahe, wie es denn wäre, wenn Hanne so viel als möglich Rosen, Nelken und andere Blumen im Gärtchen pflanzen würde, die sie dann in die Gärtnerei zum Verkauf schicken könnte.

Hannes Gesicht leuchtete ganz auf bei diesem Plan, und stürmisch fiel sie der Freundin um den Hals. „Wenn das wäre – wenn das sein könnte! Das wollte ich schon bewältigen neben dem Haushalt und der Großmutter! Ich wüßte mir gar keine liebere Arbeit. Und was meinst, wenn ich jetzt gleich, heuer schon damit anfangen würde? Mit den Blumen, die schnell wachsen. Was meinst, wenn dein Bräugigam mir schon recht bald aufschreiben würde, was er am besten brauchen kann? Und mir raten, wie ich den Boden am besten einteile? O Lydia! Und was glaubst du, – da könnte ich ja am Ende auch noch ein bißchen lernen, wie man Sträuße und Kränze windet? Und wenn ich recht früh aufstünde, so könnte der erste Zug die mitnehmen, und ihr hättet sie dann allemal bis zur Öffnung eures Ladens. O Lydia, Lydia, du bist ein Goldschatz!“

Hanne, die sonst recht ernst gewordene Hanne, wußte sich nicht zu fassen vor Freude über diese schöne Aussicht. Ihr ganzes heiteres, sonniges Wesen brach durch, als sie der Großmutter und dem Onkel Andres beim Kaffee von Lydias Vorschlag erzählte. Die beiden Alten wollten anfangs ein bißchen Bedenken äußern, aber Hanne schlug sie alle nieder und war so glückselig in der Aussicht, so was Schönes und Nützliches tun zu dürfen, daß die Großmutter zum Vetter sagte: „Lassen wir sie machen, 's wird wohl das Rechte so sein, und das Kind hat nun auch etwas, an dem sein Herz seine Freude hat!" –

Aber auch das Leben der fernen Ansiedler war nicht freudenlos, und was sie unter vielerlei Beschwerden aufrecht erhielt, war das, daß ihr Mühen langsam, langsam Früchte zu tragen begann. Schon zweimal hatten sie Onkel Joseph kleine Summen vom Ertrag der Felder und vom Erlös der dort noch in dichten Herden vorhandenen Tiere schicken können. Und nun endlich durfte Philipp auch hoffen, daß er mit der Zeit für sich und die Seinigen etwas erübrigen konnte. Was für Entbehrungen und Kämpfe aber in diesem Leben lagen, das lassen wir Kathrine in einem Brief in die Heimat schildern.

Estancia Wiesental, Sommer 19..

Mein liebes, geliebtes Mutterle!

Wie glücklich mich Hanneles letzter Brief gemacht hat, in dem steht, daß Du nun langsam alle Folgen Deiner damaligen Erkrankung überwunden hast, kann ich Dir gar nicht sagen. Weißt, Mutter, das ist das Schwerste vom Fortsein, wenn man seine Lieben daheim krank weiß. Da ist alles andere nichts dagegen. Aber jetzt, seit Du wieder gehen und reden kannst und ich mir Dich wieder sitzend in der Laube in unserm Gärtle denken darf, seither ist mir ein wahrer Druck vom Herzen genommen. Und wie schön ist das, was meine Hanne schreibt vom Garten und von dem guten Rat, den die Lydia ihr voriges Jahr gegeben! Also Ihr habt wirklich die andere Seite vom Gärtle, wo das Kraut und Gemüse gewachsen ist, mit für Gärtnerzwecke angepflanzt, und die Blumen sind wirklich schön angewachsen und gediehen? Ich glaub's wohl, denn es ist dort Sonnenland und ein besonders guter Boden. Und daß der Vetter Andres ein Stückle von der unteren Wiese dann zu einem Krautacker gemacht hat, das hat mich beruhigt. Denn dadurch geht Euch doch nichts an der Nahrung ab. Das Hannele schreibt, sie könne gar nicht genug Blumen schicken, und daß besonders ihre Rosen so begehrt sind, das ist doch prächtig! Aber daß mein Kind auch so geschickt geworden ist, daß es sogar kunstreiche Kränze winden und Sträuße machen kann, darüber bin ich ganz erstaunt. Und es beglückt mich, daß Ihr dadurch eine so nette Einnahme habt. Ach, liebe Mutter, wie schwer ist's für mich all die Jahre her, daß wir Dir nicht nur keine Stütze sein, sondern auch so wenig schicken konnten. Aber von jetzt an soll es doch anders werden, und diese Woche geht ein Geldbrief von zweihundert Peseta an Dich ab. Das wird so ungefähr hundertfünfzig Mark machen. Damit müßt Ihr das nächste Ziel bezahlen. Philipp schickt's gern, er hat einen günstigen Viehverkauf gehabt. Gott Lob und Dank ist das Opfer, das wir brachten, nun doch nicht ganz umsonst. Onkel Joseph war neulich wieder hier und ist zufrieden mit dem Gang der Dinge. Er hat uns als Lohn ein kleines Stück Land überlassen (Bei Euch wär's ein großes Stück), und wir hoffen zu Gott, daß es uns diesmal besser gelingen werde. Auch oben in Schwaben, sagt der Onkel, gehe es langsam wieder besser. Und Tante Elvira lasse mir sagen, sie habe jetzt schon den Flügel, das Silber und das Seidensofa wieder zurückkaufen können. Auch ein paar schöne Kleider aus Buenos Aires für sich und Christina habe sie kommen lassen. Isabella sei immer noch dort bei den Verwandten, Christina aber lasse uns herzlich grüßen und uns sagen, sie arbeite jetzt auch ein wenig nach dem Muster der Base Kathrine. Aber sehr gern tue sie's nicht.

Meine Lieben! Das Leben hier wäre jetzt schon zu ertragen, wenn ich nicht täglich die große, große Sorge um die Kinder hätte. Peter ist nun ein langer Junge von elf Jahren, stark und kräftig, reitet auf seinem flinken, ungesattelten Pferd wie ein Gaucho und hilft dem Vater beim Schafscheren, auf der Jagd und auf dem Feld tüchtig wie ein Alter. Aber, aber mit dem Lernen! Da bringe ich ihn mit dem allerbesten Willen nicht voran, wie Ihr aus seinen spärlichen und schlecht geschriebenen Karten ja ersehen könnt. Ich gebe mir gewiß alle Mühe mit ihm. Onkel Joseph hat mir deutsche Schulbücher mitgebracht, und was das Rechnen anbelangt, so bin ich darin ziemlich fest, und auch im gewöhnlichen Schreiben. Aber der Junge sollte doch nun in anderen Fächern unterrichtet werden, und da sitzen wir uns gegenseitig so trostlos gegenüber. Ich bin halt in Gottes Namen keine Lehrerin, und für den armen Kerl ist es maßlos langweilig, so allein zu lernen. Und mein Mariele, mein liebes, kleines, das jetzt auch schon ein großes Mädel ist, das wenn's daheim wäre, schon recht bald in die Schule müßte, das wächst auch nur so wild auf. Vor ein paar Tagen hat's auf einmal vom „großen, guten Geist", wie die Indianer ihn nennen, angefangen zu reden, und von den andern Kindern bringt es oft häßliche Fluch- und andere Wörter nach Hause. Peter hat immerhin noch etwas Deutsches an sich. Mit uns spricht er Deutsch und sogar etwas Schwäbisch, und er sagt, er könne sich noch an manches von Wiesental erinnern. Aber das Mariele, das wird mir ein ganz kleiner Fremdling, denn sein Umgang sind teils die Kinder der italienischen Arbeiter, teils die einiger spanischer Ansiedler, die in der Nähe wohnen. Und hauptsächlich – wir mögen's wünschen oder nicht – steckt es eben auch den halben Tag in den nahe gelegenen Indianerhütten bei den kleinen Rothäuten dort. Unser Mariele hat leider einen wahren Mischmasch von Sprachen, keine einzige kann es richtig, am allerwenigsten Deutsch, und das Kind nur einigermaßen in Ordnung zu halten, ist eine schwierige Sache. Mein Haushalt ist hier größer als auf Schwaben, und ich habe niemand, dem ich die Kleine, wenn ich beschäftigt bin, anvertrauen könnte. Was daraus werden soll, liegt mir oft wie ein Stein auf dem Herzen. Wenn aber so etwas geschieht, wie vorgestern, so wird der Stein zu einem Zentner, und ich sehe nicht mehr hinaus. Hört einmal!

Wir haben auf der Pampa keine eigentlich wilden Tiere; nur eine Art kleiner Löwen haust dort, die dann und wann einmal unter den Schafherden große Verheerungen anrichten können. In die Nähe der Wohnungen wagen sich diese Tiere nicht; sie haben eine heillose Angst vor den Menschen. Vorgestern aber haben wir ein Rind geschlachtet und verteilt. Ein Stück davon habe ich an die Vorderseite unseres Hauses in die Sonne zum Trocknen gehängt. Eine

Viertelstunde westwärts hat sich seit kurzem eine Schweizerfamilie angesiedelt, und weil ich weiß, wie das ist, wenn man so fremd hierher kommt, so habe ich ihnen meine Hilfe angeboten, wenn etwas Besonderes sein sollte. Nun kam ein Knecht gelaufen und sagte, die Frau habe sich einen Dorn in den Fuß getreten, da ging ich mit meiner Hausaphotheke hin. Dem Mariele sagte ich vorher, es solle brav im Zimmer bleiben, und gab ihm seine Puppe – ich hab' ihm eine aus Baumwolle und Lappen gemacht – zum Spielen. Aber es folgt eben nicht! Und wie ich nach kaum einer Stunde zurückkomme, ist's nicht im Zimmer. Ich rufe und gehe ums Haus herum. Da sitzt mein Mariele mit seinem Dockele auf einer Bank, wippt mit den Füßen und ruft ganz vergnügt: „Mutter, sieh nur, der große gelbe Hund!" Und was erblicke ich? Ein mächtig großes Tier steht, keine zehn Schritte von Mariele entfernt, an der Hauswand, hat ein Stück Fleisch herabgerissen und frißt und knirscht mit den Zähnen, daß ich's bis herüber höre. Und ich sehe, daß es ein Löwe ist, wohl noch ein ganz junger, aber mir drohen die Knie zu versagen. Er schaut mich an und ich ihn, und ich denke nur, was wird mit dem Kind? Das Mariele aber schreit noch einmal: „Mutter, ein Hund!" und springt von der Bank herunter. Und ich glaube, daß im nächsten Augenblick etwas Furchtbares geschieht. Aber das gelbe Tier, das die Menschen nicht gewöhnt ist und wohl nur durch den Blutgeruch des frisch geschlachteten Fleisches herangelockt worden war, erschrickt so, daß es, den Rest des Fleisches im Maul, eine kurze Wendung macht und auf und davon jagt. Mein Mariele hat aber gar nicht gewußt, warum seine

Mutter es nachher so heftig in die Arme zog, daß es beinahe schrie und die Mama schluchzte und es immer wieder an sich drückte. Da aber ist ein Entschluß in mir erwacht, den hab' ich sofort dem Philipp mitgeteilt, als er abends nach Hause kam, und das Gräßliche, das hätte geschehen können, vernommen hatte. Und mein Entschluß, der seither ganz fest geworden, ist der: Da es so nicht weiter geht, so müssen wir uns von den Kindern trennen, wenn uns auch das Herz darüber blutet. Und nun, – liebe Mutter, liebes Hannele, – wollt Ihr die Kinder haben? Und könntet Ihr Euch ihrer annehmen? Ich weiß wohl, daß mein Mutterle jetzt alt ist und Ruhe haben sollte, und daß mein Hannele vollauf beschäftigt ist, aber wo wüßten wir die Kinder besser untergebracht als bei Euch? Wo könnten sie besser in die Schule gehen und lernen als bei Herrn Ritter? Und wer würde es besser verstehen, unsere kleinen Wildlinge, die aber gute Herzen haben, zu frommen, tüchtigen Menschenkindern zu machen, als Ihr? Selbstverständlich würde Philipp ein gutes Kostgeld zahlen, er kann es ja jetzt. Und wenn mir das Herz zu schwer werden will, dann vertröstet mich Philipp damit, daß es ja sein könnte, daß wir einmal wieder in die Heimat kämen. Als er das sagte, hat auch mein Philipp Tränen in die Augen bekommen, was ich bei ihm noch nicht oft gesehen habe. Ich will mich daran halten, aber glauben kann ich es noch nicht.

Und jetzt behüte Euch Gott für heute! Ihr wißt unsere Bitte und gebt uns wohl umgehend Antwort. Herrgott, wenn ich mir denke, daß die drei Geschwister wieder beieinander wären, wenn ich mir denke, Ihr säßet beisammen um den Tisch in der Ecke und die Großmutter obenan! Ich will schließen, sonst werde ich weich, und Onkel Joseph hat damals recht gehabt, wenn er vor allem von Auswanderern verlangt hat, daß sie das Heimweh niederkämpfen müßten.

Eure alte getreue

Kathrine.

DREIZEHNTES KAPITEL

Von viel Blumen, und warum Hannele ganz blaß wird. – Wie Herr Ritter sagt: „Ei, kleine Indianer in meiner Schule!" und Hannele mit der Großmutter Betten richtet. – Vier Hände, die winken. – Die „arme Bläß, die in einem Stall sein muß". – Warum die Dorfkinder das Mariele nicht verstehen, und warum sie „Peterle hopf!" schreien. – Eine Postkarte.

Hanne saß im unteren Flur des Hauses, dessen vorderer Teil zu einer Art Werkstätte eingerichtet war, umgeben von vielen Blumen. Ganze Haufen von Rosen, Levkojen, Stiefmütterchen, Goldlack usw. lagen schön geordnet auf einem Tisch inmitten von Zittergras, Spargelkraut, Efeu und anderem Grün. Sie hatte vor sich einen Korb stehen, den sie kunstreich mit Obst aller Art füllte und mit einzelnen schönen Blumen besteckte. Er war in ein reiches Haus von der Residenz bestellt, und sie freute sich, etliche ganz seltene Blumen dabei anbringen zu können, die aus fremdländischem Samen von drüben entstanden waren. Dabei wanderten ihre Gedanken wie so oft zu den fernen Leben, zu denen je zu kommen sie jede Hoffnung hatte aufgeben müssen. Aber wie gern, ach nur ein bißchen, hätte sie hinschauen mögen ins Heim der fernen Eltern, und wie die Geschwisterchen wohl jetzt aussahen, und was sie trieben! Noch immer tat ihr das Herz weh, wenn sie an ihr Goldkäferle, ihr geliebtes, dachte, und sie vermochte es sich mit dem besten Willen nicht anders vorzustellen als so, wie es damals bei der Abreise gewesen, das süße, kleine, rosige Ding mit den gelben Ringelsöcklein!

Der Korb war fertig, und Hanne schob ihn ein bißchen zurück, um ihn besser betrachten zu können. Da trat die Großmutter in den Flur. Sie hatte draußen auf der Bank in der Sonne gesessen, und da hatte ihr der Briefträger einen Brief überbracht. Ihr Gang war noch etwas schleppend, aber sonst hatte sie wieder die alte Kraft und Frische erlangt. Hanne sprang auf, als sie den Brief in Großmutters Hand sah. Gleich darauf fiel ihr aber ein, daß sie noch einen Hochzeitsstrauß und etliche Tischsträußchen vor dem Essen zu binden habe, und sie bezwang sich und sagte: „Großmutter, ich muß warten bis nach Tisch. Geh du nur inzwischen in die Stube und mach' den Brief auf und lies ihn. Deine Brille habe ich vorher auf dem Küchentisch draußen gesehen."

Das war eine große Überwindung für Hanne, aber man lernt sich überwinden, wenn man ein Geschäft treibt. Blume an Blume reihte sie wieder mit flinken, schnellen Fingern. Die Sträuße waren fertig, und Onkel Andres kam zum Essen. Ei, wie langsam der heute das Fleisch kaute, und wie umständlich er das Brot herunterschnitt! Aber endlich konnte man abtragen und den Brief hervorholen.

Großmutter hatte während des ganzen Essens ein so merkwürdiges Gesicht gemacht, halb ängstlich, halb vergnügt, so daß Hanne fragte: „Hast du schon gelesen oder gewartet?"

Da sagte die Großmutter nur: „Lies selber! Aber recht laut und deutlich, daß man's auch versteht!"

Und dann las Hanne den Brief der Mutter vor, den wir schon kennen, bis zu seinem letzten Teil. Als das aber kam von den Kindern und gar das Entsetzliche von der Gefahr, in der Mariele geschwebt, da war's mit Hannes Fassung vorbei, und sie rief einmal übers andere: „Ach, wenn man da doch helfen könnte! Ach mein liebes, goldiges Kleines, das nun am Ende ganz verwildert, ohne daß man da nur irgend etwas machen kann!"

„Lies nur vollends den Schluß!" sagte die Großmutter. Und als Hanne das tat und an die Stelle kam, wo die Mutter die Bitte aussprach, und wo die Großmutter erwartet hatte, daß ihre Hanne außer sich vor Glück sein werde, da war diese auf einmal ganz still und so blaß, daß der Vetter Andres sagte: „Ist dir nicht wohl?" und ans Schränkchen ging, um ein Gläslein Johannisbeerwein zu holen.

Aber Hanne wehrte ab; sie sagte mit ganz schwacher Stimme: „Das geht nicht, ach nein, das geht nicht!"

„Was geht denn nicht?" fragte die Großmutter.

Da aber fiel ihr Hanne um den Hals und schluchzte und schluchzte so endlos wie in der Nacht, als sie den Abschied von ihrem Mariele vor sich hatte. Und wenn die Großmutter immer dringender fragte: „Ja, was hast denn? Warum weinst du so schrecklich?“ da schüttelte Hanne nur den Kopf und sagte: „Weil's nicht geht, weil's nicht sein kann!“

Der Vetter Andres verstand Hanne und murmelte so etwas vor sich hin, wie: „Kinder sind halt nichts für alte Leute.“

Da aber wehrte die Großmutter, und ihre Stimme klang so freudig fest, wie schon lange nicht mehr: „Ich glaube gar, ihr meint, ich sei zu schwach dazu, und Kindertrubel könnte mir schaden? Aber ich sag' euch, wenn's mich vielleicht auch manchmal ein bißchen müd' machen sollte, so tut das nichts. Bin jetzt lange genug gepflegt worden. Und ein ganzer Berg ist mir vom Herzen, wenn ich denke, daß ich der Kathrine etwas abnehmen kann.

Eine Großmutter hat noch immer gekonnt, wenn sich's um ihre Enkelin handelt. Und jetzt, Hanne, – wein' doch nicht so! Gleich heute nachmittag setzt du dich hin und schreibst, daß die Kinder möglichst bald kommen sollen, – vorausgesetzt freilich, daß es dir recht ist“, setzte die Großmutter mit ihrem alten schelmischen Lächeln hinzu.

Da fiel das Hannele der Großmutter um den Hals, aber diesmal mit Freudentränen. „Mein Mariele – ich soll mein Mariele wieder kriegen!“ rief sie glückselig einmal übers andere. „Großmutter, ich verspreche dir hunderttausendmal, daß ich dir alle Mühe abnehmen werde, die die beiden machen!“

Vetter Andres murmelte in den Bart: „Jetzt hat man seine Ruhe gehabt“, und so brav er war, er konnte nicht unterdrücken, zur Großmutter zu sagen: „Hast's auch überlegt, was du da auf dich nehmen willst? Da wird einem ja das ganze Haus umgedreht werden!"

Die Großmutter lächelte nur, Hannele aber stürzte mit dem Brief zu Frau Ritter, die in der Küche Geschirr abtrocknete, und die sich auch mir ihr freute, und zu Herrn Ritter, der gerade in die Schule gehen wollte. Und der meinte: „Das wird ja ganz interessant für mich, Halbindianerle in die Schule zu bekommen! Da werden mir die anderen ja am Anfang gar nicht mehr aufpassen wollen."

Aber dann schüttelten er und seine Frau, die Hanne nachgelaufen war, dieser die Hände und sagten abwechselnd: „Das ist eine Freude!" ... „Aber eine große Aufgabe ist's für deine alte Großmutter!" ... „Und doch ist's so natürlich, wie die Kathrine sich's ausgedacht hat, drum wird es auch recht werden."

Und nun rannte Hanne wieder nach Hause. Fast hätte sie über dem Herrlichen, das eingetroffen war, das Fortschikken der Blumen vergessen. Indem sie durch den Garten lief, hatte sie das Gefühl, als müsse sie jedem Strauch und jeder Blume zurufen: „Freut euch mit mir! Das Mariele kommt! Das Mariele kommt! Und der Peter kommt auch!" setzte sie rasch noch in Gedanken hinzu, denn sie hatte den Bruder doch auch so lieb, nur nicht ganz so wie das Schwesterlein.

Brief von Hanne an die Eltern.

Wiesental, Herbst 19..

Liebe, liebe Eltern!

Die Karte, auf der stand, daß die Kinder gut angekommen sind, habt Ihr ja wohl erhalten. Heute aber sollt Ihr einen ausführlichen Brief bekommen, denn ich kann mir denken, wie Euch verlangt, alles Nähere zu erfahren.

Von der Seereise hat Euch ja die Hamburger Familie, mit der sie gereist, noch berichtet, und der Herr Agent hat wohl auch dem Onkel Joseph geschrieben, daß er die Kinder selber in den Zug gesetzt hat. Uns hat er telegraphiert, daß sie mittags um zwölf Uhr ankommen würden. Ach Mutter, ach Vater, was war das für ein anderes Gehen auf dem Bahnhof als damals, wo Ihr alle fort seid! Schon ein paar Tage vorher haben wir alles gerichtet. Peter schläft bei Onkel Andres oben und Mariele in der großen Schlafstube mit uns. Großmutters Gesicht hat ganz geleuchtet, als wir Dein Bett, liebe Mutter, wieder aus der Kammer holten, es aufstellten und frisch bezogen. Deine Kommode, in die ich Unnötiges inzwischen gelegt hatte, wurde geleert, und in Großmutters großem Schrank ist sehr gut Platz für Marieles Kleider. Gelt, das interessiert Dich doch alles sehr? Immer wieder hab' ich mir vorhalten müssen, daß kein ganz kleines Mariele und kein Peter im Jüpplein kommen würden. Aber ich war so froh, daß wir wenigstens noch zwei Kinder zu erwarten hatten, und ich habe dem Mariele zum Empfang eine wirklich schöne Puppe gekauft und habe der des Abends ein halb Dutzend Kleidchen gemacht. Dem Peter richteten wir etliche Büchlein und Gartengeräte hin. Doch jetzt zur Hauptsache! Als wir, die Großmutter und ich und der Vetter, der sich's nicht nehmen ließ, auch mitzugehen, auf dem Bahnsteig standen und der Zug endlich um die Waldecke bog, – Ihr wißt, um dieselbe, hinter der er damals verschwunden ist, – da habe ich mich ordentlich an der Großmutter halten müssen, so furchtbar hab' ich mich gefreut. Und da haben zwei Gesichter herausgeschaut, und vier Hände haben gewinkt. Aber daß dies die zu Erwartenden sein sollten, konnten wir anfangs gar nicht glauben. Das ist ja merkwürdig, wie braungebrannt mein rosiges Mariele ist, und wie seltsam das zu ihrem blonden Haar aussieht. Daß sie noch immer Locken hat, und jetzt gar so schöne, lange, das freut mich besonders. Der Peter sprang zuerst heraus und half seinem Schwesterlein. Dann zog er ganz höflich vor uns die Mütze und sagte: „Guten Tag!" während mein Mariele den Bruder hinten am Rock packte und fast verlegen vor uns stand. Als wir die beiden aber in unsere Arme schlossen und sie mit uns heimwärts wanderten, da erzählte der Peter schon allerlei von der Reise und von Euch. Marieles erstes aber war, daß sie gewissenhaft sagte: „Viele Grüße von Vater und Mutter!" Dabei sprach sie aber das Wort „Grüße" aus, wie wenn's mit drei R geschrieben würde. Zu herzig! Als wir uns dem Haus näherten, staden eine Masse Kinder herum, das könnt Ihr Euch ja denken, die alle die Ankömmlinge sehen wollten. Da ist's dem Mariele angst und bange geworden, und es hat zum erstenmal meine Hand erfaßt und ganz trutzig dreingesehen. 's ist halt die vielen Menschen noch nicht gewöhnt gewesen. In der Stube hatten wir schön gedeckt, und an Marieles Platz hatte ich die Puppe gesetzt. Aber das war eine Enttäuschung! Denn von der hat sie gar nichts wissen wollen, sondern hat sie gleich auf die Seite geschoben und gesagt: No – nicht muñeca! – Puppen ich nicht mehrr mag, viel mehrr Tiere.“ Der Peter hatte eine sichtliche Freude an seinem Gartenwerkzeug und wollte es gleich probieren, während die Büchlein ihn entschieden mehr bedrückten als freuten. Als die Großmutter die Suppe hereinbrachte und das Tischgebet sprach, da freute es diese furchtbar, als die Kinder die Hände falteten und nachher sagten: „Das sagt drüben Mutter auch.“ An der guten Nudelsuppe löffelten sie ein bißchen herum, – Suppe seien sie nicht gewöhnt – aber die Dampfnudeln und das gekochte Obst schmeckte ihnen herrlich, so daß Onkel Andres, als Peter zum viertenmal den Teller hinstreckte, lachend sagte: „Da könnt ihr in Zukunft was erleben, der kann's wie ein Drescher!“

Nach dem Essen sagte Peter plötzlich, genau so wie einstens: „Jetzt will ich zu meinen Hasen!“ Und richtig, er fand sofort wieder den Weg in den Stall, war aber sehr enttäuscht, keine mehr zu finden. Hingegen waren beide Kinder sehr erfreut, die Bläß zu sehen, und wir hatten nur zu tun, sie davon abzuhalten, daß sie nicht zu ihr in den Stand hineinliefen und sie an den Hörnern faßten.

„Laßt sie heraus!“ befahl Peter. Aber als wir ihm sagten, daß die Kühe bei uns immer im Stall blieben, da wurde er sehr ungnädig und meinte: „Das würden wir nie tun in Argentinien. Das arme Tier muß doch springen und weiden können und wird gewiß bald krank sein!“

Beide Kinder schauten sich dann um, und Mariele fragte: „Wo sind denn die andern?“ Sie konnte gar nicht begreifen, daß wir nur diese eine Bläß und nicht eine ganze Herde haben. An den Hühnern hatten sie eine große Freude, und als ich Futter holte und wir beide, mein Mariele und ich, nebeneinander knieten und sie fütterten, da war mir's gerade wie damals, nur daß ich statt eines kleinen Mädels neben mir ein großes hatte. Mariele hat die Großmutter in ihrer dunklen Tracht zuerst immer wieder mit erstaunten Augen angeschaut, und dann hat sie gefragt: „Warrum so schwarz?" Als aber die Großmutter ihr erwiderte: „Weil ich einmal einen lieben Großvater hatte, der von mir gegangen ist. Dann ist's hier so, daß man ein schwarzes Kleid anzieht", da strich das Kind ganz zart und leise über Großmutters Rock und sah dann aber fast ängstlich auf ihr rotes Kleidchen herunter. „Aber Mariele kann rrot sein?"

Am Nachmittag, als die Kinder im Haus und mit uns schon etwas bekannt waren, da gingen wir mit ihnen zu Ritters hinüber. Die freuten sich auch so sehr. Mariele sprach noch wenig, aber als wir den Peter sagten, dies sei der Herr Lehrer, bei dem er künftig lernen dürfe, da machte er eine tiefe Verbeugung und sagte äußerst höflich: „Buenos dias, Senor! Rechnen kann ich gut, aber sonst noch gar nichts." Herr Ritter lachte herzlich und sagte: „Diese Offenheit gefällt mir, und wir werden gewiß gute Freunde werden." Dies Wort behagte wiederum dem Peter, und er faßte unbekümmert Herrn Ritter bei der Hand und fing an, ihm alles Mögliche zu erzählen. Mitten drin aber fragte er: „Wo haben Sie ihren Stall? Können Sie reiten?"

Das war nun so komisch, sich Herrn Ritter reitend vorzustellen, daß wir alle laut lachen mußten, was Peter übel aufnahm. Das Mariele aber setzte ihm altklug auseinander, er müsse doch noch wissen, daß die Mutter ihnen gesagt habe, daß sehr wenige Leute in Wiesental Pferde hätten und noch

weniger reiten könnten.

„Ich aber kann's", sagte Peter ordentlich trotzig. Und als nachher die Kutsche vom Herrn Pfarrer vorüberfuhr und einen Augenblick vor der Post hielt, da war unser Peter wie der Blitz drunten auf der Straße, und wie der Blitz saß er auf einem der alten Pferde, das ganz erstaunt über solch ungewohnte Behandlung mit den Füßen hin und her trat, sich aber nach Peters Begehren durchaus nicht vorwärts bewegte. Der Kutscher, der eben aus der Post zurückkam, war höchst ungehalten über solch einen frechen Bengel. Dann aber war er ganz verdutzt, als der Bub mit einem Satz beinahe über ihn hinweg vom Pferde herunter sprang. Die Dorfkinder, die sich gleich wieder hier versammelt hatten, freuten sich furchtbar, und seither heißt es beständig, wo der Peter sich auch zeigen mag, und wo gerade ein Pferd daherkommt: „Peterle, hopf auf den Gaul! – Peterle, hopf wieder runter!"

Alle Wiesentaler Buben spielen jetzt eifrig Indianerles, wobei natürlich Peter der Anführer ist. Die Mädchen aber heißen ihre Docken Carmelita und Teresita, Elvira und Isabella. Und als sie gar von der Caupolikana, der Mapucha und der Maimai hörten, da war ihr Entzücken groß.

Wild, das ist unser Peter, das kann man nicht anders sagen. Aber unartig, wie wir gefürchtet haben, das ist er doch nicht. Und ganz merkwürdig ist, wie er sich Großmutter gegenüber zusammennimmt. „Mutter hat gesagt, bei alten Leuten müsse man still sein!" äußerte er neulich altklug. Als aber Großmutter ihm daraufhin sagte: „Brav mußt freilich sein, Peter, und keine Unarten machen! Aber daß du alleweil um mich herum nur auf den Zehen läufst und so leist sprichst, daß ich's kaum versteh', das ist nicht nötig."

Auf dies hin hat der Peter sie ganz glückselig angeschaut, hat geschwind einen Sprung gemacht, und jetzt pfeift und singt er den ganzen Tag. Großmutter aber und der Vetter freuen sich mit mir und mit dem halben Dorf, wenn der Bub des Abends draußen auf dem Brunnenrand sitzt und fremdartige Weisen durch die beiden Finger pfeift. Mariele singt dann manchmal mit ihrem feinen Stimmlein auch mit. Aber meistens sitzt sie still da und hat wie einst ein Millemille – gato, wie sie sagt, – im Arm. Den Leuten gegenüber ist sie noch immer arg schüchtern, und wenn die Kinder sich vor sie hinstellen und sagen: „Schwätz doch Spanisch, daß wir hören wie's tut!" dann macht sie den Mund sicher nicht auf. Aber mit mir fängt sie nun an, wie ein Vöglein zu zwitschern, geradeso wie Du, liebe Mutter, es uns geschrieben hast, in dreierlei Sprachen. Und wie gut ist's jetzt, daß ich doch ein wenig Spanisch kann, was Mariele ganz beglückt. Aber manchmal, wenn ich etwas falsch sage, will sie sich halb tot lachen, und dann sagt sie mir's so lange vor, bis ich's kann. Ich gebe mir aber auch große Mühe, recht schön Hochdeutsch mit ihr zu sprechen. So viel merken wir aber täglich, daß das Kind noch immer in Gedanken drüben ist. Und wenn sie irgendwo etwas Schönes sieht, so ist ihre stehende Redensart: „Das ich den Eltern zeigen, wenn sie kommen!"

Ihr lieben, lieben Eltern! Ich erzähl' Euch nun so viel von den Kindern, und da kriegt Ihr am Ende doppelt Heimweh nach ihnen. Denn daß das hart für Euch ist, das spüre ich jetzt so recht erst an der Freude, die wir durch sie haben. Wenn Du, liebe Mutter, doch nur auch gewiß Gesellschaft an der neuen Schweizer Familie hast! Und Dir, lieber Vater, wünschen wir so sehr, daß Deine Anpflanzungen gelingen. Das muß ich doch noch sagen, daß Peter recht fleißig in der Schule ist, und daß Mariele des Abends bei der Großmutter so nett kleine Verslein und Sprüche lernt. Wir haben beide auch schon mit in die Kirche genommen, mit einiger Angst, ob sie sich auch still verhalten würden, aber sie waren vor lauter Erstaunen ganz brav. Nur gegen Schluß der Predigt, die ein wenig lang war, hat der Peter ganz laut gesagt: „Jetzt hab' ich genug!"

Mein Geschäft geht ausgezeichnet, und mein Mariele hilft mir den ganzen Tag dabei. Es weiß schon ganz nett, daß man die Blumen nur mit langem Stiel pflückt, und sie legt sie mir in Reih und Glied und reicht mir kleine Sträußchen zum Binden. Ich sag' Euch, die ist geschickt! Und Vetter Andres sagt: „Das ist eine! An der kriegst du bald eine Hilfe." Er hat dem Mariele schon einen kleinen Wagen zusammengemacht, und wenn er sie nur von weitem sieht, so strahlt sein runzliges Gesicht. Um Großmutter braucht Ihr Euch nicht zu sorgen. Ich sag' Euch, die wird ordentlich wieder jung mit den Enkelein, und ganz selig war sie, als Mariele neulich ihren Kopf an sie lehnte und sagte: „te quiero! – ich hab' dich lieb!" Nur manchmal, da überkommt sie es. „Alles wär' jetzt schön, wenn nur auch der Philipp und die Kathrine dabei sein könnten!"

Ich soll Euch noch sagen, daß der Schreiner, der Deine

Werkstatt gemietet hat, lieber Vater, nun angebaut hat, weil er sein Geschäft, das sehr gut geht, vergrößern will. Da müssen wir hie und da denken, daß Ihr Euch zum Auswandern hättet sparen können. Aber Großmutter meint: Es wird auch so gut sein. Und ich soll Euch schreiben, daß Gottes Wege eben oft scheinbar große Umwege seien.

Nun grüßen wir alle innigst, und ich bin in Liebe

Euer getreues, glückliches

Hannele.

Und nun wäre diese Geschichte eigentlich zu Ende, denn ich wüßte kein Kapitel mehr zu füllen. Aber eine kleine Postkarte, die nach vier Jahren von der Estancia Wiesental in Argentinien nach Wiesental in Schwaben flog, die möchte ich euch doch noch lesen lassen, weil ich glaube, daß sie euch freut. Der Inhalt lautet:

Ihr Lieben!

Ende November wollen wir in Gottes Namen unsere Besuchsreise zu Euch antreten, und wir hoffen, Weihnachten mit Euch feiern zu dürfen. Mutter, Hanne, liebe Kinder, bleibt uns um Gottes willen gesund; denn wir freuen uns unsäglich auf Euch. Gott hat unsere Arbeit gesegnet, und wir können uns die Freude, Eure lieben Gesichter einmal wiederzusehen, erlauben. Freilich müssen wir nach einem halben Jahr, in dem Juan uns vertritt, wieder zurückkehren. Aber dann kriegen wir ja unsern Peter wieder mit zur Hilfe. Und die Schweizer und deutschen Ansiedler, die wir seither in die Nähe bekommen haben, machen uns das fremde

Land nun doch einigermaßen zur Heimat. Ob unsere zwei lieben Töchter wohl einmal ihr so blühendes Geschäft verlassen und uns drüben besuchen oder für ganz zu uns kommen können, das liegt in der Zukunft und in Gottes Hand. Noch füge ich bei, daß es möglich ist, daß Onkel Joseph mit uns reist. Der will seine Christina in eine deutsche Pension bringen. Isabella hat sich ja, wie Ihr wißt, in Buenos Aires verheitratet, soll aber ihren Mann nicht sehr beglücken. Den Onkel zieht's ebenso wie jeden, der ausgewandert ist, mit tausend Fäden nach der alten Heimat, und er freut sich ganz besonders, Dich, liebe Mutter, noch einmal in diesem Leben zu sehen. Und nun Adios und Hasta la vista, das heißt: Auf Wiedersehen! Behüt Euch Gott tausendmal!

Philipp und Kathrine.

NACHWORT DER VERFASSERIN

Wenn Ihr, liebe Kinder, diese Geschichte gelesen habt, so mag wohl manches unter Euch denken, daß Hanneles Schicksal eigentlich ein hartes sei, und Ihr hättet vielleicht viel lieber gehabt, daß sie entweder gleich mit den Eltern oder nachher allein auch nach Amerika hätte fahren dürfen. Angenehmer wäre das schon gewesen, aber ob besser?

Hat eines von Euch je einmal ein Opfer gebracht? Ich meine ein richtiges, wirkliches, das weh tat, und wobei es etwas sehr Liebes drangeben mußte? Die schon in solcher Lage waren, die wissen, daß das wahrscheinlich nicht leicht war; aber sie haben vielleicht auch wie Hanne erfahren dürfen, daß irgend etwas Gutes oder Glückbringendes daraus entstanden ist. Jedenfalls durften sie das empfinden, daß in ihr Herz ein ganz merkwürdiger Friede kam, daß sie ganz besonders vergnügt sein konnten, als wenn alles nach ihrem Willen gegangen wäre.

Es brauchen das noch gar keine so großen Opfer zu sein, wie Hannele sie brachte, auch kleine, alltägliche haben dieselbe Wirkung. Und, habt acht, besonders die Opfer, die Ihr lieben, alten Leuten bringt, das sind die gesegnetsten.

Ich weiß wohl, nicht immer versteht sich jung und alt. Und wo eines unter Euch noch einen Großvater, eine Großmutter oder alte Verwandte hat, das wüßte mir wohl zu erzählen von diesen und jenen Wunderlichkeiten, von Altmodisch- und Engherzigsein, und wie bei den Alten immer nur das gelte, wie es in ihrer Jugendzeit gewesen. Das war aber von jeher so, und wenn Ihr selber einmal alt seid, so werden Ihr gerade so denken und es gerade so machen. Das kommt daher, weil die Alten die Jungen so lieb haben, daß sie ihnen gerne das, was sie in einem langen Leben als richtig erkannt haben, einpflanzen und ihnen die schlimmen Erfahrungen, die sie gemacht, ersparen möchten. Daran, bitte, denkt doch immer, wenn Euch diese treuen Ratschläge manchmal ein wenig langweilen wollen.

Und dann, bitte, erweist alten Menschen so viel Liebe, als Ihr nur könnt. Ihr glaubt nicht, wie wohl gerade ihnen, die schon so viel im Leben hergeben mußten, Liebe und Liebesbeweise tun! Es handelt sich auch hier nur oft um große kleine Dinge. Werdet nicht ungeduldig, wenn Großvater immer und immer wieder seine Brille verlegt und Ihr sie suchen sollt, wenn Großmutter ein bißchen unleidlich und strenge sich äußert über Euren modernen Sport, wenn der Onkel beständig von der guten, alten Zeit spricht! Überwindet Euch, wenn Ihr rasch gehen möchtet, und die alten Füße neben Euch machen nur so winzige kleine Schrittlein, wenn Ihr dem schwer Hörenden alles, auch oft recht Unbedeutendes, wiederholen sollt oder jemand Altem, das schlecht sieht, die Zeitung vorlesen müßt, wo Ihr doch so viel lieber Eure Geschichte fertig lesen möchtet, wenn Ihr im Krankenzimmer Gesellschaft leisten oder am Fahrstuhl im Garten aushalten sollt, während die anderen einen großen Spaziergang machen. Dies und noch vieles andere, das sind Opfer! Und ich möchte Euch herzlich bitten, zwingt Euch dazu, sie zu bringen, – aber mit einem freundlichen Gesicht, denn Ihr glaubt gar nicht, wie empfänglich hierfür solch ein altes Menschenkind ist, und wie tief traurig es oft im Innern sein kann, wenn es zu empfinden bekommt, daß das, was man ihm tut, eben ein „Opfer" ist!

Und noch eins! Findet nie langweilig die guten Worte, die Euch solch ein Altes sagt, prägt sie Euch im Gegenteil fest ein, auch wenn Ihr sie noch nicht ganz versteht, und Ihr werdet sehen, sie werden einst Perlen auf Eurem späteren Lebensweg. Und dann, – Ihr glaubt gar nicht, was das für ein gutes Gefühl ist, wenn solch liebes, altes Menschenkind von einem scheidet und man sich sagen kann: Ich hab' es lieb gehabt und habe ihm Gutes getan, soviel ich vermochte. Das Gegenteil kann einen ein ganzes Leben lang verfolgen!

Nun weiß ich aber für heute nichts mehr, als daß ich Euch alle innig grüße. Ich bin und bleibe von Jahr zu Jahr

Eure alte, getreue

Tony Schumacher.